TAMBIÉN POR GERARDO GABRIEL PIZARRO

FICCIÓN

The Hostess Secret: A Novel

El secreto de la anfitriona (Spanish Edition)

Beyond the Language of Adalia: A Novella

Yuisa y la maldición del cemí

Yuisa y la profecía de Isla Grande

RELATOS CORTOS

Like Spring, Like Him

Beyond the Language of Daniela

Between Duty and Sacrifice

My Good Friend Hernan

No Need to Panic

Hankering to Return

Lost Copper Shadow

ANTOLOGÍAS

Antologías Pizarro Vol. 1 – Edición LGBTQ+ Verano 2025

Antologías Pizarro Vol. 2 – Edición Festival del Libro 100x35 Otoño 2025

Antologías Pizarro Vol. 3 – Edición Leyendas Reimaginadas Invierno 2025

EDITOR

A Coffee Away (2026)

YUISA Y LA PROFECÍA DE ISLA GRANDE

G. G. PIZARRO
LLC

GERARDO GABRIEL PIZARRO

Sobre el autor

Gerardo Gabriel Pizarro es un autor puertorriqueño que vive y escribe desde su hogar en Bayamón, Puerto Rico, junto a su fiel compañero, Skyler, un curioso Yorkshire que lo acompaña en cada proyecto literario.

Criado en Carolina, Gerardo combina su pasión por las letras con su vocación como educador de inglés y estudiante doctoral en Currículo, Instrucción y Enseñanza.

Sus obras abarcan diversos géneros de ficción —fantasía, romance, literatura LGBTQ+, narrativa juvenil y lingüística inspirada en su tierra—, siempre con un enfoque en la emoción, la identidad y la conexión cultural.

Con cada historia, Gerardo reafirma su misión de fomentar la lectura y promover la literatura puertorriqueña, creando mundos que celebran el legado, la voz y la belleza de Puerto Rico en cada página.

A MI ABUELITA,
QUE ME ENSEÑÓ MIS PRIMEROS CUENTOS

TE ENCONTRÉ DONDE EL FUEGO BESA AL AGUA,
DONDE EL MIEDO SE VUELVE CANTO.
TU NOMBRE ARDIÓ EN MIS MANOS,
Y EL MÍO FLOTÓ EN TUS LABIOS.
DESDE ENTONCES,
NI LA LLUVIA APAGA,
NI LA TIERRA OLVIDA.

YUISA Y LA PROFECÍA DE ISLA GRANDE

GERARDO GABRIEL PIZARRO

PLAZA DE LOS ALDEANOS

—EN NUESTRO ISLOTE, DONDE el Mar Caribe lame las piedras viejas de Costa Azul y la oscuridad de la noche oculta el camino prohibido a Isla Grande. Nadie había visto jamás un resplandor así. Ni en sueño, ni en cuento, ni en clamor —dijo con fervor la Gran Abuela Luysa de la Plaza de los aldeanos del Islote, con su espalda erguida, tratando de olvidar que solo habían pasado apenas unas cuantas lunas desde que el isleño de Isla Grande escapó de los guerreros de su hijo, el Gran Maní de la Plaza. El mismo que tenían detenido en la Cueva Sagrada, donde por fin descansaba el cemí recobrado.

Pero las lunas siguieron, y nadie había logrado prender el fogón del centro de la Plaza de los aldeanos.

Los aldeanitos, Enay y Jomar, eran los únicos de todo el círculo jugando con piedras, tratando de sacar fuego como si fueran guerreros del mismo Gran Maní.

Chispa que chispa, nada.

Luysa, cansada de tanto revolú, se acercó con su bastón de ceiba, tallado con figuras de animales y caras extrañas, arrastrando sus sandalias de cuero curtido contra la tierra apisonada.

—¡Miren pa' allá, parecen dos iguanas peleando con cangrejos! —les dijo, y *pácata*, un toquecito en las canillas. No fuerte, pero sí con la firmeza de quien manda.

Los aldeanitos aguantaron la risa y recogieron sus manos rápido, intentando parecer serios, aunque los ojos color tronco les brillaban con picardía a la luz del fogón. Sus taparrabos de yagua trenzada, manchados de tierra y sudor, se movían con el aire tibio de la Plaza, mientras el fuego bailaba entre ellos como un cómplice travieso.

Luysa pasó al centro de la Plaza de los aldeanos, donde la tierra olía a humo viejo y yuca tostada. Su manta de algodón teñida con achiote rozaba el suelo, dejando un leve rastro de polvo y fuego antiguo. El tejido, curtido por el sol del Monte Verde, mostraba bordados en hilo oscuro con símbolos de la Gran Ceiba y del Río Largo, marcas de su linaje y sabiduría. Sobre los hombros llevaba un chal de yagua trenzada, que se movía con el viento como si respirara con ella. Los brazaletes de oro en sus muñecas brillaban con el reflejo de las antorchas distantes, y las cuentas de piedra negra en su cuello tintineaban suavemente al compás de sus pasos.

En su mano, el bastón la acompañaba. Raspó el bastón contra una piedra, y las chispas saltaron y entraron en el montón de palitos secos como si supieran su camino. El fuego brotó con un «¡Fuuu!» de aire y los ojos de los niños se abrieron, redondos, y vieron sus sombras danzar sobre las casas de yagua.

Luysa levantó el mentón, orgullosa.

—Todo comenzó con mi querida nieta, Yuisa, y el favorito de todos, Alonso —continuó con voz de trueno mientras los aldeanitos chillaron, felices.

Los aldeanitos corearon «¡Alonso!» como si lo tuvieran enfrente, su forastero favorito.

—Desde que se juntaron, ellos cambiaron el color del Islote. El Monte Verde los mira, el Río Largo los siente, y algo en el cielo arde diferente. No ocurrió por coincidencia ni dieron un paso al azar. Con ellos comenzó el bien y el mal, mis aldeanitos. Embarcaron valientes, sin miedo en la piel, tras desafiar las advertencias del Gran Maní —siguió Luysa, y los aldeanitos soltaron un «¡Oh!» de puro asombro.

—Pero ¿cómo se atrevieron? —preguntó una aldeanita con los ojos como luceros.

—Pues, con alma sincera. Yuisa y Alonso lo dieron todo. Por nuestra tierra, por nuestra gente —dijo Luysa.

Todos los aldeanitos bajaron la cabeza y luego la alzaron.

—Cruzaron el Campo Animal, donde los espíritus viejos olían su miedo como tiburones en la orilla. Pasaron por el Camino Oscuro, donde hasta el viento se calla. Y llegaron a la Costa Azul, donde el cielo arde con un fuego azul que ni el mismo Mar Caribe puede apagar.

Los chiquillos tragaban en seco.

Luysa, para romper la tensión, les tiró unas quenepas a Enay y a Jomar. Ellos, rápidos como pitirres, las chocaron en el aire antes de

3

metérselas a la boca, arrancando la cáscara con un chasquido experto.

—Allí enfrentaron caimanes con ojos de candela, y a cosas que ni me atrevo a nombrar —añadió Luysa, bajando la voz como si el aire mismo pudiera escucharla.

Natay, que era la más atrevida, levantó la mano. —¿Y cómo perdieron el cemí?

Luysa guardó silencio, el bastón apoyado en su regazo, los ojos perdidos en el fuego que ya se apagaba. Un viento leve cruzó la Plaza, alzando las cenizas del fogón y haciéndolas girar como luciérnagas cansadas. Entonces habló, no con la voz de una abuela, sino con la de los montes viejos que guardan secretos.

—Yuisa y Alonso llegaron a Costa Azul, donde el mar canta fuerte y el cielo es azul. Allí mostraron valor, sin temor ni desvelo, dignos del cemí que brilla en su suelo. La bestia reposa, dormida en su fin, la calma perdura desde aquel confín. Mas si el odio regresa, si vuelve el rencor, la paz que hoy tenemos, se irá sin rumor.

El aire cambió. Se volvió espeso, tibio, y los aldeanitos se quedaron quietos, sin saber si era el humo o la noche la que respiraba diferente.

Luysa sintió un peso en la nuca, un murmullo viejo que no venía de nadie. El bastón le tembló entre los dedos, y por un segundo creyó ver cómo el fuego del centro se doblaba hacia ella, como si la llamara por su nombre. Entonces el suelo comenzó a vibrar. Las casas de madera y piedracrujieron y un viento invisible inclinó el fuego del centro de la Plaza. Sintió un zumbido en la cabeza, como si cien murciélagos le batieran dentro. La tierra abrió su vientre bajo sus pies y, antes de darse cuenta, la oscuridad la engulló.

Ya no estaba en su cuerpo.

Flotaba. En la oscuridad de la nada.

—¿Dónde? ¿Dónde juriquillos estoy? —susurró Luysa, mirando hacia todos los lados de la nada.

De la oscuridad total, lo único que había.

No podía ver nada. Ni Monte Verde, ni Río Largo, ni siquiera el Cielo de Yaya.

Como si alguien o algo la hubiera arrancado de su cuerpo y la hubiera lanzado al vacío que no conocía principio ni fin.

Puc, puc, puc.

De pronto, pequeñas antorchitas empezaron a encenderse solas en las paredes de piedra, una tras otra, como luciérnagas obedientes, hasta iluminar el centro. Allí reposaba lo más preciado de toda la Plaza, de todo el Islote en donde vivían.

El cemí guardián.

El mismo que los ancestros tallaron en piedra negra y brillante, como el Río Largo después de una tormenta. El mismo que recobraron Yuisa y Alonso.

—¿Qué yo hago aquí? En la Cueva Sagrada —dijo, y su voz rebotó en el eco, tan fuerte que le apretó las sienes como dos piedras de pilón. —¿Estoy aquí de verdad? ¿O ya estoy con Maketaori?

Entonces otra voz, grave, dolida, pero conocida como la palma de su propia mano, se levantó entre sombras.

—Tengo que hacerlo. Por ella.

Luysa entrecerró los ojos y del fondo emergió una figura envuelta en penumbra. El pelo le caía distinto, no era como el de nadie en la Plaza. La sombra caminó derechito hacia el cemí. Sin pensarlo dos veces, lo tomó del altar.

La sombra salió corriendo hacia la boca de la cueva, y, a cada paso que daba, la sombra apagaba las antorchas de golpe.

Fuu, fuu, fuu.

Un apagón tras otro, hasta dejarla casi ciega. Luysa quiso correr, pero cuando intentó moverse, la sombra la atravesó como un viento de murciélagos, rozándole la piel con miles de alas frías. El alma le arrancó un grito, pero lo tragó el silencio absoluto.

La oscuridad borró todo.

Oscuro otra vez.

Y en ese vacío, una voz distinta comenzó a recitar, profunda como el tambor del mayohuacán.

—Desde el comienzo, eran dos. Pero la semilla de ceiba de una de esas dos será el futuro de Yaya. Un lazo entre dos podrá unir los antros otra vez. Pero el sacrificio más grande lo hará quien cruce a un mundo que ni debe estar. Porque pa' ganar el gran piélago, tendrán que conocer su semblanza otra vez.

Luysa buscó con los ojos, pero no había nada ni nadie.

Ni ella misma podía mirarse.

Flotaba sin sentir su cuerpo, como humo sin fuego.

De pronto, frente a ella apareció una semillita de ceiba, diminuta pero brillante, que se enredó en un hilo dorado que serpenteaba como la boa.

El hilo se estiró y la semilla cayó sobre la cubierta de un barco de forasteros. La semilla se abrió paso entre sogas, barriles y pies descalzos, hasta llegar a un hombre de pelo sal y pimienta. Cuando el hombre levantó la bota pa' aplastarla, Luysa sintió que la rabia le subía por la garganta.

—¡No! ¡No pises eso! —gritó, o creyó que gritaba. Pero su voz no salió, se quedó pegada en su propio pecho, que no podía ver. Nadie podía oírla. —Todo tiene vida, todo tiene propósito. Hasta lo más chiquitito.

Y ahí fue que lo entendió.

Esa voz que surgía del vacío no pertenecía a cualquiera. El temblor en la cueva, el eco de las palabras, la fuerza que le erizaba los brazos.

Luysa sabía de quién era esa voz.

Un estruendo resquebrajó el vacío. No brillaban antorchas, pero sí caían flechas encendidas sobre la Plaza.

—¡Gran Abuela! —chilló Enay, la voz temblorosa, como si la garganta se le hubiera hecho nudo.

Inspiró de golpe, como si una cascada le llenara los pulmones. La tierra le ardía en las rodillas, y Luysa alcanzó a agarrar solo esa vocecita. Mientras su cuerpo entero vibraba como maraca sacudida, sin el compás extraño de los forasteros, ese ritmo que no era de su tierra.

—¡Tenemos que irnos! —gritó Jomar, jalándola del brazo mientras las chozas crujían bajo las flechas.

Mirándola con los ojos abiertos como dos luceros al ver cómo la abuela se tambaleaba. Una manita pequeña la sacudía con apuro, con miedo.

Un rumor crecía en la distancia.

Un retumbar que no era trueno ni río.

Algo se acercaba.

—Mi bastón —susurró Luysa, con la voz quebrada y el cuerpo temblando mientras intentaba levantarse. Sus manos se apoyaron en la tierra caliente, y un hilo de polvo se levantó al mover las rodillas. Enay corrió, raspándose las suyas, pero apretó los dientes y regresó con el bastón de ceiba. Se lo colocó entre las manos arrugadas de la abuela como si fuera el mismo sol. Luysa lo sostuvo con fuerza, los brazos temblorosos, y, con un quejido leve, logró ponerse de pie. Su sombra, encorvada y firme a la vez, se alzó contra el resplandor del fuego. Entonces, con una voz que parecía arrastrar siglos, dijo:

—Vayan a Cascada Escondida, encontrarlos y avisarles harán. Pero no vuelvan, ¡ni locos! Todos sus caminos conducen a un hilo dorado que aquí no está.

Los dos aldeanitos se miraron a los ojos, más perdidos que jueyes en el Camino Oscuro, cuando de pronto, detrás de Luysa, el aire se quebró. No eran los guerreros del Gran Maní.

—Isleños —susurró Luysa mientras podía observarlos, aquellos con sus antifaces de hueso de carey y las marcas rojas que usaban para pintarse la guerra en la piel, con sus cabellos lacios hasta los hombros, algunos hasta el taparrabo, y arcos listos en sus manos.

Antes de que Enay o Jomar pudieran soltar un grito, Luysa vio sus reflejos en los ojos asustados de los nenes, esas sombras con antifaz de carey. Se enderezó, alzó el bastón con la derecha y lo lanzó hacia atrás con la fuerza de veinte o treinta años menos. El bastón partió uno de los isleños en dos suspiros. Del ombligo le corrió un río rojo, caliente, que manchó la tierra y el taparrabo. El otro apenas levantaba la flecha. Luysa, rápida como boa, le bajó el arco con la izquierda, arrancó el bastón ensangrentado con la derecha y ¡pácata, pácata, pácata! le metió tres cantazos que lo dejaron tendido en el suelo como hoja de hiena vieja.

Los aldeanitos pensaron que Luysa era solo una anciana arrugada, frágil como yagua seca. Pero por su gente, por su nieta, Luysa se volvía una jaguar forastera.

Golpeó una vez, y el sonido seco del impacto se mezcló con el crujido de hueso y el jadeo del enemigo. La sangre le salpicó las piernas, tibia, viva, y ella la limpió del bastón sin apartar la mirada. A su izquierda, tres guerreros con antifaces se quedaron paralizados, las bocas abiertas, el miedo mordiéndoles los talones.

Entonces, entre el humo y los gritos, una voz infantil rompió el aire.

Natay gritó. Un grito tan agudo que pareció partir la noche en dos.

Corrió hacia los guerreros con el rostro encendido y los puños apretados, temblando más de coraje que de miedo. El fuego le lamía los talones y el aire le rugía en los oídos.

A unos pasos detrás, Enay y Jomar la vieron lanzarse. Por un instante se quedaron helados, los ojos abiertos como cocos partidos y las manos hundidas en la tierra. El miedo les subía por la garganta como humo espeso, pero la rabia. Esa chispa que Luysa siempre decía que ardía en ellos, les ganó al temblor. Se miraron, y sin decir palabra, corrieron tras ella. Primero Enay, luego Jomar. Saltaron sobre los guerreros tambaleantes con un grito seco, con uñas, con dientes, con todo lo que tenían. El choque fue brutal.

Los cuerpos rodaron, los alaridos se mezclaron con el fuego y el olor a barro y sangre. Los guerreros intentaron zafarse, pero los tres aldeanitos parecían pitirres dándole guerra a un guaraguao.

Pequeños, insistentes, feroces.

Natay arañó un brazo hasta hacerlo sangrar; Enay mordió una mano; Jomar jaló un mechón de cabello con tanta fuerza que el enemigo soltó el arco.

El rugido se contagió. Desde los bordes de la Plaza, otros aldeanitos soltaron un «¡aaah!» y corrieron a unirse. El Monte Verde entero pareció rugir con ellos, como si la misma tierra los reclamara de vuelta. Y cuando el polvo se asentó, tres guerreros yacían en el suelo, vencidos por una marea de niños.

Luysa, con el pecho inflado de orgullo, tronó con voz ronca.

—¡Esos son mis aldeanitos! Ahora corran. ¡Corran! —bramó Luysa, y Enay y Jomar, con la adrenalina trepada, chocaron sus manitas como testigos de la leyenda viva: la Gran Abuela Luysa en acción.

Dio un paso hacia adelante, dispuesta a seguir peleando, cuando el aire se le puso pesado a Luysa. El sudor le corría por la espalda y el bastón le pesaba como si la ceiba misma se la estuviera echando encima. Sintió un ardor en las rodillas, una punzada vieja, de esas que el monte nunca perdona, pero se mantuvo en pie, respirando entrecortado, el pecho subiendo y bajando con el fuego reflejado en sus ojos.

—¡Puñales del monte! —dijo, lenta, con la voz quebrada. —No. Otra vez no.

Un guerrero, agazapado entre el humo, le soltó un bastonazo que le pegó justo detrás de la oreja.

El mundo se le volvió eco y chispa.

Todo giró.

Las piernas le fallaron y cayó de rodillas. El polvo se le pegó al sudor, y la sangre empezó a correrle tibia por la sien, dibujando un hilo oscuro hasta la barbilla. El bastón se le escapó de los dedos. Intentó aferrarse a la tierra, pero la vista se le nubló. El rugido del fuego, los gritos de los aldeanos y el zumbido del golpe se mezclaron en un solo ruido profundo, como un tambor enterrado en la cabeza.

A lo lejos, creyó escuchar el nombre de su nieta, Yuisa, o tal vez fue el viento.

Cuando se volteó, con el pecho ardiendo y la vista borrosa, lo vio.

El mismo isleño de Isla Grande que se había escapado de la Cueva Sagrada. Estaba a pocos pasos, mirándola directo a los ojos, con el arco tenso, los músculos vibrando de odio y miedo.

Luysa apenas alcanzó a pensar en todo lo que nunca le dijo a su nieta, Yuisa, cuando el tiempo se le hizo agua al enemigo.

Antes de que la flecha volara, algo surcó el aire más rápido que las alas de un colibrí.

¡TUM!

El guerrero se fue de espaldas, un palo incrustado entre los ojos; su antifaz se partió al chocar contra la tierra, y un hilo de sangre caliente saltó en el aire, salpicándole a Luysa la mejilla y el mentón.

El hierro tibio la despertó del trance. Parpadeó, con la sangre resbalando hasta su cuello, y miró el extremo del palo clavado: el pirógrafo con la cara torcida, el símbolo que conocía desde niña.

—Maní —murmuró.

Desde la distancia, un rugido de voz partió la noche.

—¡Aldeanos! —El grito del Gran Maní retumbó hasta en las piedras de la Plaza.

Los guerreros con antifaces quedaron paralizados por el miedo, como jutías alumbradas por fuego, rígidos, con el miedo prendido en los ojos.

Luysa, al escuchar aquella voz, la de su hijo, su pequeño convertido en líder y fuego, sintió que los ojos se le aguaban, pero no lloró.

—Por nuestra tierra —tronó el Gran Maní, levantando su arco y uno por uno, todos los aldeanos lo imitaron, en una sincronía perfecta con sus arcos arriba, cuerdas tensas, corazones latiendo al mismo compás.

Luysa apretó los labios, el pecho henchido de orgullo y miedo a la vez.

—Y por nuestra gente.

El grito colectivo rompió el aire, y en un parpadeo, docenas de flechas se elevaron al cielo, silbando como coquíes metálicos en la tormenta.

Luysa giró el rostro apenas, su cabello despeinado le cruzó la cara, y entre los mechones vio cómo las flechas cruzaban el aire en todas direcciones, dibujando líneas de fuego contra la noche.

Los guerreros enmascarados cayeron como moscas en guarapo, y el eco de los arcos vibró un instante más, hasta que el silencio regresó con olor a hierro y humo.

—Gran Maní, confirmado —dijo Dacayro, un guerrero con un bastón de guerra dorado, el rostro tiznado de hollín. —Los Isleños derrotaron a Rodrigo, el pirata que guardaba Costa Azul del que Yuisa nos dijo en privado. Sin él, los isleños ya abrieron la costa, y ya vienen por el Camino Oscuro con antorchas, arcos y más de ellos.

El Gran Maní frunció el ceño, la voz dura como piedra.

—Se supone que no estuvieran aquí. Teníamos un trato. Solo debíamos salir de noche. Alguien trastocó algo en Isla Grande para que rompieran su palabra —dijo el Gran Maní, mientras los gritos de aldeanos e isleños le retumbaban en el oído y sus cejas se hundían como dos montañas juntas. —¿Cómo cuánto tiempo nos queda?

—No hay, no hay tiempo.

El Gran Maní miró hacia la Plaza.

Vio todos los cuerpos caídos, algunos aún con el humo del aliento saliendo, otros tosiendo sangre. Y entre todos, sus ojos toparon con los de ella.

La única mujer que jamás lo había abandonado, la Gran Abuela Luysa.

Ella, desde el suelo, lo miraba igual que la primera vez: como si aún viera al bebé que cargó en brazos, el hijo de toda la Isla, el hijo del mundo.

Con esfuerzo, Luysa se levantó, agarró su bastón de ceiba y, arrastrando las piernas, empezó a ayudar a los aldeanos sobrevivientes.

—¿Algo más? —preguntó el Gran Maní, la voz grave.

Con un nudo en la garganta, Hucay, otro guerrero se atrevió a responder. —No la hemos visto.

El ceño de el Gran Maní se frunció tanto que casi se volvió una sola línea. Su puño apretó el arco hasta hacerlo crujir en pedazos.

—¿Dónde juriquillos pudiera estar ella?

CASCADA ESCONDIDA

—**TE DIJE QUE NO** quiero —dijo Yuisa, jugando con su trenza que le cae sobre el pecho, como si cada hebra se alzara como escudo, como si cada una levantara una muralla contra lo que de veras sentía en lo hondo.

Alonso, con su cabello recién cortado, extendió la mano y dudó, como si temiera romper el silencio líquido que los envolvía. Afuera era noche cerrada, pero dentro de la Cascada Escondida la oscuridad tenía luz propia.

Cada gota que caía se encendía al tocar el agua o suelo de roca, como si el mismo Río Largo respirara fuego bajo su piel. El brillo azul-dorado se reflejaba en las rocas, en los brazos de Yuisa, en los ojos color miel de Alonso, fijos en los de ella, los mismos que la habían atrapado una vez y que ahora temblaban con la luz viva del agua.

—No es que no quieras, Yui. Es que tienes miedo —dijo Alonso mientras el Río Largo cantó fuerte y la Cascada Escondida retumbó como tambor de guerra. En ese estruendo, los brazaletes, y no los que tenía en su brazo anterior, chispearon cuando los dedos de Alonso rozaron su piel.

Como si la misma Yaya hubiera respondido a su temblor.

—Sí, tengo miedo —dijo Yuisa al fin, con voz quebrada como aldeana que llora escondida en Monte Verde—. Desde que te salvé, todo cambió, Alonso. Yo... yo escucho lenguas que ni conocía, voces que no debo entender, voces que me persiguen a todos lados. Y cuando los brazaletes brillan, como ahora mismo, siento que me pierdo en algo que no controlo, en algo que no soy yo.

Alonso bajó la mirada y se enfocó en su taparrabo enchumbado, y en ese gesto cargaba sus propios fantasmas.

—¿Crees que yo no sé de ese tipo de miedo? Yo tampoco quiero volver a ser la bestia que aterrorizó a todos en la Plaza. Sentir cómo mi propio cuerpo se rompe, cómo me devoraba por dentro. Yui, muero y sigo vivo al mismo tiempo, como un fuego que ni el mismo Río Largo apaga.

Yuisa lo miró, sorprendida por la verdad de sus palabras.

—Entonces, ¿por qué arriesgarte a sentirlo otra vez?

El forastero dio un paso al frente, y el agua que cayó de su cabello oscuro le rozó la frente como caricia que nadie pidió, pero ambos necesitaron.

—Porque si tuviera que transformarme otra vez, lo haría solo por una razón. Por ti, Yui. Para verte de nuevo, para que me salves aunque me cueste todo —pausó Alonso y miró a Yuisa. Los ojos de Yuisa se humedecieron. El rocío de la cascada no era la causa.—

Sabes, nunca pensé querer algo tan fuerte —susurró, buscándola con ternura y desespero, como quien busca aire en medio del Mar Caribe—. Estar aquí contigo es, Yui, algo mágico, como fogón que nunca se apaga y ni quiero que se acabe.

El agua se derramó sobre ellos, creando un muro, un refugio secreto. Allí no existía nada más que sus miradas, sus manos temblorosas, sus respiros mezclados.

Alonso, concentrado en la tela clara mojada que tenía anudada Yuisa al pecho, vio lo que ella intentaba esconder. Rozó con la yema de los dedos las líneas rojizas del hombro mojado de Yuisa que caían, cuyo olor le recordaba a las nueces moscadas de su tierra.

En ese contacto mínimo, Yuisa no apartó la mirada del pecho desnudo de Alonso ni de su piel dorada de arena de Costa Azul, que la estremecía como rayo en noche de tormenta enviada por Guabancex.

Él veía en ella a una aldeana de pura ceiba, no a la nieta de Luysa ni a la hija del Gran Maní, sino como la joven mujer que lo había salvado, que arriesgaba todo por su gente y por él, y que, sin buscarlo, encendió en él una esperanza que jamás creyó conocer.

—Tú no solo me libraste de la maldición —dijo Alonso, la voz rajada, áspera como machete mellado—. Me salvaste de la soledad, de mí mismo. Desde que llegué, lo único que busqué, lo único que siempre quise, fuiste tú y solo tú.

Yuisa bajó la mirada, tratando de esquivarlo, pero su voz tembló.

—Ajá, claro que sí.

—¿Por qué crees que me quedé todo este tiempo? —preguntó

Alonso. Le recorrió el brazo con suavidad y entrelazó sus dedos con los de ella. El roce encendió una chispa que quemó e hizo inevitable todo.

—¿Por qué piensas que hice lo que hice? Hice todos esos inventos, todos esos ajustes a la Plaza —dijo Alonso, lo primero que le pasó por la cabeza.

Yuisa intentó soltarse, pero cada movimiento le dolía como herida. —Por Itiba. Siempre estabas detrás de ella.

—¿Itiba? ¿Qué tiene que ver ella? No, Yui. Todo lo hice por ti —afirmó Alonso, dando un paso más cerca, como ola que no se detiene.

Yuisa quiso reír, pero solo le salió un suspiro. —¿Ah, no fue por ella? Ni que yo fuera Yaya encarnada.

Alonso la sostuvo con las manos, como quien teme perder el único hilo que lo mantiene vivo.

—Ella buscaba obsesiones, gemelos o qué sé yo. Pero yo. Yui, yo solo he querido a la aldeana que me devolvió la vida, aunque aún ella no lo sepa o no lo quiera aceptar.

Sus miradas se cruzaron, y el tiempo se detuvo. Las gotas bajaron despacio por sus cabezas. Alonso se inclinó poco a poco, tan lento como un caracol y tan cerca que el calor de su aliento rozó sus labios húmedos de Yuisa como brisa tibia de mar al amanecer.

Ella cerró sus ojos color ámbar por un instante, se dejó arrastrar por el torbellino de lo prohibido, por esa conexión que ardía más fuerte que sus propios miedos, más fuerte que cualquier trueno del Cielo de Yaya.

Pudo dejarse llevar, como hoja caída en el Río Largo descendiendo hacia el Mar Caribe. Fluir con él, como el viento cálido que baja desde Monte Verde hasta Costa Azul.

Pero.

Con un esfuerzo que le rompió el alma, que le partió el corazón, se apartó.

Tomó su cinta dorada de la roca y la ajustó sobre su frente, como amuleto de protección.

—¿Ves? —dijo Yuisa, con voz rota, como aldeana que se quiebra al enterrar a su madre, la que nunca conoció—. Yo no puedo, aunque quiera.

—Yui —murmuró Alonso, con el corazón hecho cenizas de fogón apagado bruscamente—. Todo este tiempo lo único que he querido decirte es que, es que yo te—

De pronto, se detuvo.

En seco.

¡Tac!

Como machete quebrado contra piedra, su don maldito despertó, aunque no por completo. Un sonido extraño se filtraba entre el rugido del agua.

Agua que caía como ejército de lanzas desde lo alto.

—¿Qué tú qué? —preguntó Yuisa, con el alma temblando en su garganta como güiro en manos nerviosas, pero Alonso le cubrió la boca de inmediato con la palma de su mano.

No como aquella vez en la hamaca bajo las antorchitas, sino con miedo de verdad.

Yuisa frunció las cejas como su padre. Quiso morderlo, pero los ojos de Alonso, esos ojos hondos como el Mar Caribe, oscuros, infinitos, a uno o dos pies de ella, la congelaron.

—Puedo escuchar algo —susurró Alonso, y el aire se hizo cuchillo. —En la distancia, alguien nos está llamando, Yui. Bueno, gritando.

Yuisa giró despacio, apenas moviendo los labios, el corazón en la garganta. —¿Qué cosa?

—No sé... —dijo él, entrecerrando los ojos—. Suena... como un grito lejos. Como si alguien nos llamara.

Y entonces, entre el murmullo de la cascada, una voz quebró el hechizo.

—¡Alonsooo! —era Enay, con voz de pitirre herido, rebotando entre las piedras

Y antes de que pudieran reaccionar, otro grito se sumó, más agudo, más joven, cargado de desesperación.

—¡Yuisaaa! —gritó Jomar, como eco de una cueva llamando.

El eco de sus nombres rompió el refugio sagrado de agua y piedra.

Yuisa y Alonso se miraron apenas un latido. Asomaron la cabeza fuera de su guarida sagrada y se impulsaron.

¡Plácata!

Se lanzaron al vacío y el agua fría los tragó con un golpe helado. Enseguida salieron y bracearon hasta la orilla como peces que huyen del anzuelo.

Cuando se pararon mojados, entre los árboles húmedos de

Monte Verde, jadeando y brillando de lluvia, vieron a los aldeanitos correr hacia ellos, ojos abiertos como platos de barro. El pecho de Enay subía y bajaba como tambor sin control, pero no habló. El aliento no le salió. Solo levantó la mano, temblorosa, y en su silencio mudo Alonso escuchó dentro de su propia cabeza, un espíritu susurrándole.

«La Plaza ha sido atacada. Los isleños de Isla Grande.»

Tal vez ella también escuchó el susurró, como si compartiera su mente. Yuisa pudo descifrar el mensaje y su corazón se apretó fuerte como soga al cuello.

La imagen de la Gran Abuela Luysa, con su tierna voz de rima y sabiduría, brilló en su mente como relámpago. Pensó en su padre, el Gran Maní, en su fuerza, en su mirada que pesaba más que montaña entera.

¿Y si ya no los volvía a ver?

¿Y si todos estaban muertos?

Por un instante, el viento sopló distinto entre los árboles de Monte Verde. Juro haber oído el golpe seco de un bastón sobre la tierra, aunque estaba sola. El eco la atravesó como un llamado antiguo, como si su abuela la guiara desde el fuego del otro lado del río.

De pronto, un silbido rajó el aire.

¡Fiuuu!

Una flecha voló, pero Alonso giró con violencia y la esquivó por un pelo mientras Jomar soltaba un grito peor que el de Natay. Otra salió disparada desde la espesura, directo a Enay. Yuisa, guiada por un instinto que ni entendía, levantó el brazo.

¡Tac!

El brazalete de ella brilló con fuerza soltando una chispa mientras la flecha se desvió y transformó en luz viva, como si el sol mismo la hubiese torcido.

Yuisa y Alonso se miraron, firmes, con la certeza de quienes, aunque tiemblen, se aferran a la esperanza en medio del caos que se aproxima. Él podía observar las ganas de Yuisa de correr hacia la Plaza.

—Yui, estoy seguro de que están bien —dijo Alonso, buscando amarrarla a la vida, al presente y no al miedo. Los ojos de Yuisa temblaban, pero el brillo de sus ojos se hizo más fuerte, como si esas palabras le devolvieran el aire perdido. —Pero ¿y el cemí de Cueva Sagrada?

—Los isleños no se atreverían —contestó Yuisa mientras Alonso cerró los ojos.

—Yui, los puedo escuchar —jadeó Alonso, sudor y agua mezclados en su frente—. Son demasiados.

El aire se espesó y se detuvo, como si el Monte Verde contuviera la respiración. Alonso se movió por instinto, el cuerpo dispuesto a cubrir a Yuisa, pero en ese instante de impulso lo traicionó el pensamiento.

Pensó solo en ella, en protegerla, y el resto del mundo se borró. Fue entonces cuando un sonido quebró el silencio. Escuchó un crujido leve entre la maleza, distinto al susurro del viento o al roce de los insectos, sino el quiebre seco de una rama bajo un pie. Yuisa alzó la cabeza. Sintió el corazón golpearle el pecho sin entender por qué.

Y entonces lo oyó.

«Mira», dijo una voz débil, tan cerca que parecía venir del aire mismo. Giró apenas y lo vio. De entre la espesura emergía un guerrero, la piel pintada de rojo y negro, los músculos tensos, la lanza corta brillando con la humedad de la noche. Se movía como sombra viva, directo hacia Enay, que ni siquiera había notado el peligro.

Yuisa no pensó.

El miedo no le dio tiempo.

Se inclinó y hundió los dedos en el barro, y agarró una piedra húmeda. La sintió fría, pesada, viva. El mundo se redujo a su pulso y al eco del monte que parecía contener el aliento.

«Ahora», dijo la voz, más firme, más honda, como si le hablara desde dentro.

¡Zuuas!

La lanzó con toda la fuerza de su brazo. El golpe sonó seco, y le partió el antifaz al guerrero isleño, que se tambaleó apenas un instante, lo justo para que Alonso corriera como río desbordado hacia los dos aldeanitos y los abrazara contra su pecho, apretándolos fuerte, como si fueran sus propios hijos. Como si entregara su vida para protegerlos.

Yuisa se adelantó, plantándose frente al enemigo como roca ante una ola de Coatrisquie. El guerrero arremetió con furia, y pronto estuvieron forcejeando, lanza contra brazaletes, fuerza contra coraje. El aire se llenó de gruñidos y chasquidos, mientras Yuisa buscaba cualquier ventaja, aunque su trenza estaba en la desventaja total, mientras Jomar gritaba. Con un movimiento certero, le tumbó el arco de las manos, y el arma rebotó contra las piedras, como tambor en guerra.

Ágil como boa, Yuisa rodó hacia un lado, agarró una flecha caída y, con un grito que salió de lo más hondo de su alma, la clavó en el pecho del isleño. El cuerpo cayó hacia atrás con un estallido sordo contra la tierra mojada, como tronco cortado en la humedad de Monte Verde. Respiraba como torbellino, chorro de ideas corriendo sin orden, y de golpe un recuerdo le iluminó la mente.

—¡La canoa! —gritó Yuisa, con el pelo loco, en la frente y en sus hombros. Recordó la canoa escondida en Río Largo que iban a utilizar para ir a la hamaca luego.

Sin pensarlo, corrieron entre raíces y fango, con el barro tragándoles los pies, Enay y Jomar flotando en los brazos de Alonso, hasta lanzarse al agua. Detrás de ellos, Monte Verde quedaba atrás, invisible bajo la bruma espesa del Islote, como si la selva misma los despidiera en silencio. El Río Largo se mantuvo peligroso y quieto, liso como espejo.

—¡Nos pueden ver! —gritó Jomar, rompiendo con un grito agudo ese espejo.

A cada remada, el olor de la tierra húmeda se desvanecía y el sonido del monte se hacía más lejano. Las voces del Islote quedaban atrás, perdidas entre la niebla.

Yuisa cerró los ojos y se aferró al borde de la canoa de ceiba como quien se aferra a la misma vida. Por primera vez desde que trató de salvarle la vida a Alonso, se obligó a hacer algo que no quería.

Cerró los ojos y rogó en silencio.

Yaya, ayúdanos.

Y en unos segundos el Monte Verde escuchó, porque de lo alto de él bajó un estruendo. Una ola repentina y feroz descendió con furia y empujó la canoa río abajo como flecha viva, abriéndose paso.

Las flechas enemigas caían una tras otra desde las orillas, pero los brazaletes de Yuisa brillaron con intensidad creciente, soltando destellos de luz que cortaban el aire y desviaban la muerte con cada flechazo.

—¡Que me trague el Río Largo! —gritó Jomar, en el borde de la canoa con su cabeza por fuera.

La corriente los llevaba, pero la amenaza no cedía como manglar que no suelta su raíz. De pronto, una sombra cayó sobre ellos desde arriba. El bamboleo de la canoa la desequilibró. Yuisa sintió el golpe de los remos contra las piernas y el agua salpicarle el rostro con fuerza. Una guerrera isleña, enmascarada con antifaz naranja, se lanzó dentro de la canoa con agilidad de perra forastera.

Yuisa y ella se midieron apenas un respiro antes de enredarse en una lucha cuerpo a cuerpo, puño contra puño, mientras la canoa se sacudía como si el mismo Río Largo respirara con ellas. Enay gritaba, y Jomar seguía aferrado al borde de la canoa con la boca llena de residuos de vómito.

¡Tac, pac, pum!

Hasta que Yuisa, con la furia que no sabía que tenía, logró arrancarle el arco de las manos a la guerrera.

—Rayos de Guatauba —dijo la guerrera, impresionada.

Y con el mismo ímpetu de la ola que golpeaba la canoa, disparó la flecha que se hundió en el costado de la enmascarada, rozándole la ceja, que salió despedida hacia el agua como hoja arrastrada por corriente brava, perdida en las aguas oscuras.

«Yuisa», le susurró la voz mientras la canoa seguía sacudiéndose con violencia.

Yuisa, con el arco todavía firme entre las manos, sintió que el viento silbaba entre los remos y el Río Largo rugía como si el corazón del monte hubiera despertado.

No era viento.

No era agua.

Era una voz.

Suave al principio, como si naciera del fondo del río. Luego más clara, más antigua. Una voz de mujer. Una voz que parecía venir de todas partes y de ninguna.

«Yuisa, hija del fuego y del agua.»

El sonido se le metió por los oídos, por la piel, por el pecho. Era una voz que no hablaba en su lengua, pero ella la entendía. Una lengua vieja, quizás la lengua de Yaya, la que solo el alma reconoce.

Por un instante, el mundo se detuvo.

El Río Largo, el viento, el temblor del agua, todo se apagó.

Solo esa voz. Solo su eco dentro de ella.

Yuisa giró la cabeza, buscando de dónde venía, y en ese

momento resbaló.

La madera mojada se le fue bajo los pies, el arco le cayó de las manos, su corona dorada cayó al agua y el mundo se inclinó. El Río Largo la llamó con un rugido grave, oscuro, como si quisiera tragársela entera.

Por un segundo creyó que caería a las profundidades del Río Largo, arrastrada como tantos otros que se habían perdido en sus aguas.

Pero Alonso estaba allí.

Para ella.

La sujetó de las manos con la fuerza de una bestia, pero con la ternura de algo más. Tiró de ella hasta pegarla contra su propio pecho, cara a cara. El agua salpicaba, el viento aullaba, pero el calor de sus brazos la envolvió como un refugio que no sabía que necesitaba.

Y en ese contacto, algo ocurrió.

Un pulso, una chispa dorada, una vibración que no venía del río sino de ellos mismos.

El resplandor subió desde sus muñecas hasta el aire, iluminando sus rostros como si el sol mismo los mirara bajo el agua.

Un destello dorado apareció, quizás por un segundo un hilo de luz fino como cabello, que por unos segundos empezaba a entrelazarse en el brazalete de Yuisa con la mano de Alonso. Vibraba como si tuviera vida propia, iluminando sus manos unidas.

Los ojos de Yuisa se encontraron con los de él y no querían

apartarse nunca. Estaban tan cerca, tan llenos de cansancio y de fuego al mismo tiempo.

—Siempre te atraparé —susurró Alonso, apenas audible sobre el rugido de las olas mientras Enay los miraba con la boca abierta.

Yuisa sintió que el corazón se le derretía en el pecho. El hilo dorado palpitaba como un latido compartido, como si los dioses del Cielo de Yaya hubiesen tejido ese instante solo para ellos.

Ella no respondió con palabras.

Su respiración entrecortada, su frente apoyada contra la de Alonso, lo dijo todo. Por un instante, el Río Largo, la guerra y el humo dejaron de existir. Solo quedaban ellos dos, atados por un brillo imposible de romper.

—¿Qué esperas? Avanza y jálala adentro —gritó Enay mientras Jomar vomitaba incontroladamente.

Alonso la montó en la canoa. Todos estaban mojados, heridos, temblando entre miedo y adrenalina. Los cuatro se aferraron a la canoa que seguía siendo arrastrada por la corriente, sin rumbo, sin pausa.

El Río Largo se los llevó, más allá de lo normal, hasta el Mar Abierto. El cauce se ensanchó, y las aguas dulces del Monte Verde se mezclaron con el sabor salado del mar. A lo lejos, la silueta del Islote se disolvía en la neblina, mientras el horizonte se abría como una herida luminosa.

Por un buen momento nadie habló.

Solo se escuchaba el rugido del mar detrás de ellos, el golpeteo del agua contra la madera, el jadeo húmedo de sus respiraciones mezclado con el silbido del viento.

El cielo, aún cubierto de nubes, se abría apenas lo suficiente para dejar pasar una franja de luz pálida sobre la espuma.

Las olas retrocedían y volvían, como si el mar mismo dudara si devolverlos o tragarlos.

Yuisa, empapada, apoyó las manos sobre el agua fría de la costa desconocida, inhalo el olor a sal vieja y a algas secas. A lo lejos, las gaviotas gritaban sobre unas piedras negras, y el horizonte ardía con un brillo anaranjado que no era amanecer ni atardecer.

Era otra luz, una que no conocía.

—¿Dónde estamos? —preguntó Enay, con la voz casi perdida entre las olas, mientras Jomar se tapaba los ojos con una mano y la boca con la otra.

Alonso no respondió enseguida.

Miró la línea irregular de palmas y casas a la distancia, y un escalofrío le recorrió los hombros.

Sabía dónde estaban.

En una de las costas de los isleños de Isla Grande.

COSTA ROSA

—¡TIERRA! ¡GRACIAS, YAYA! —gritó Enay, lanzándose de la canoa con los brazos abiertos, como si la arena fuera una hamaca llena de plumas.

Se desplomó sobre la costa isleña, dejando un rastro de conchitas rotas, almejas vacías y risas nerviosas mezcladas con el salitre.

Jomar, en cambio, se inclinó una vez más sobre el borde de la canoa, con la cara pálida como luna apagada.

¡Graaak!

Vomitó una, dos, siete veces más.

El sonido seco y amargo rebotó entre las olas, como un eco burlón del mar.

—Yo realmente no nací pa'l agua —murmuró Jomar, escupiendo al costado con rabia, los ojos casi cerrados.

—Ni tú ni yo —dijo Yuisa, bajando primero con el pie izquierdo, como toda una guerrera enseñada por el mismo Monte Verde.

Tocó tierra firme con el otro pie y su espalda se enderezó como ceiba orgullosa.

Pero el mar no estaba del todo en calma.

Era una calma rara.

Calma con nostalgia salada. Calma con advertencia.

Yuisa respiró hondo, mirando el horizonte.

La espuma se deshacía entre piedras y caracoles, y por un momento el agua le mostró la Plaza ante sus ojos. El humo, los tambores, los rostros de su gente. El corazón le dio un salto.

—Tenemos que volver —dijo Yuisa, rompiendo el murmullo del mar.

Alonso giró el rostro, con el cabello húmedo pegado a la frente. —¿Volver? —repitió—. ¿Al Islote?.

Yuisa asintió, firme, sin dudar. —Sí. A la Plaza. A mi gente. A mi tierra. No puedo dejarlos allá, no después de todo lo que ha pasado.

Alonso se acercó despacio, con el viento golpeándole el cabello mojado. Soltó una risa breve, cansada, más por miedo que por burla. —Tú y tus «no puedo», Yui... —dijo, alzando las cejas—. Yo, si fuera tú, ya estaría en la otra orilla contando estrellas.

Yuisa lo miró sin pestañear. —Entonces quédate tú contando —le respondió, y empezó a caminar hacia el agua. Sus ojos no tenían dureza, sino algo más triste. Una compasión cansada.

—Yui, si los dioses están con ellos, resistirán. Primero sálvate tú, o no podrás salvarlos.

—No me digas eso —dijo Yuisa, mirándolo con furia, la voz quebrándose entre el pecho y la garganta. —Toda mi vida me dijeron que los dioses decidían el destino. Pero ¿y si esta vez soy yo quien tiene que decidirlo? No puedo quedarme aquí mientras mi gente lucha por respirar entre el humo.

Alonso respiró hondo y bajó la voz.

—No regreses, Yui. No con ellos —dijo Alonso, mirando a los aldeanitos.

Yuisa frunció el ceño. —¿Qué quieres decir?

—Enay y Jomar —dijo él, mirando a los dos aldeanitos que jugaban en la arena como si el mundo no se estuviera cayendo a pedazos—. Son muy niños. Demasiado aldeanitos para volver a pelear otra guerra. Si tú y yo regresamos, ¿quién se quedará con ellos?

Yuisa no respondió enseguida. Su mandíbula se tensó. —Los protegeré cuando volvamos.

—No, Yui —replicó Alonso, firme pero suave—. Ellos te necesitan ahora, no después. Eres lo único que les queda de la Plaza. Tampoco pueden perderte.

Yuisa apretó los puños. Su respiración tembló, como si una corriente invisible se le metiera por el pecho. —Y si me quedo aquí, ¿quién salvará a los demás?

—Tal vez no todos los héroes salvan luchando —dijo Alonso—. Algunos salvan cuidando lo que queda.

Las palabras rompieron el aire como piedras lanzadas al agua.

Silencio. Solo el mar respirando lento.

Jomar, ya más recuperado, intentaba enjuagarse la boca con el agua salada del mar, mientras Enay buscaba piedritas para lanzar.

De pronto, Jomar frunció el ceño.

—¿Y qué es eso? —preguntó Jomar, señalando al horizonte.

—¡Qué asco! —dijo Enay, parándose después de darse cuenta de que las olas estaban arrastrando todo el vómito de Jomar hacia él.

Entonces todos lo vieron.

Primero, un lomo redondo y grisáceo emergió suavemente entre las olas tranquilas.

¡Pluuuf!

Luego otro.

Y otro más.

—Es un... un manatí —dijo Yuisa, y el aire mismo pareció contener el aliento.

Lo vieron nadar lento. Se deslizó entre el vómito de Jomar, con movimientos elegantes, casi humanos. Y esos ojos negros, hondos como los de la cueva de un río, miraron directo a los de Yuisa antes de hundirse de nuevo.

—Ese no es cualquier manatí —murmuró Alonso, la voz apagada—. Ese nos está velando.

—O guiando —añadió Yuisa bajito, mirando a Alonso.

Pero los ojos de Alonso ya no miraban ni a los de ella ni al mar cercano. Su mirada estaba lejos, allá, donde las olas rompían con más fuerza contra roca viva.

Allí, encallado como bestia herida, se levantaba un barco en la marea baja, un barco viejo y forastero, oxidado por la sal y los años, y su velamen rasgado colgaba como piel vieja, y del mástil una bandera rota, deshilachada, ondeando apenas. El mismo símbolo que Alonso tenía marcado en el antebrazo, quemado con hierro hacía años que parecían siglos.

Los ojos de Alonso se nublaron.

El viento cambió de dirección. El olor a sal se volvió más denso, y la arena, antes tibia, se enfrió bajo sus pies. El rumor de las olas empezó a golpearle los oídos con un ritmo antiguo, como tambores que despertaban algo dormido. El horizonte se desdibujó, y el presente se le escapó entre los dedos.

Entonces, la marea del pasado lo arrastró, sin aviso, sin compasión.

Fuego.

Voces cruzadas gritaron.

¡Aaaah! ¡Uooh!

Lenguas que chocaban como olas de tormenta.

Un niño, la cara cubierta de hollín. La cubierta ardiendo bajo pies desnudos. Su padre, un hombre duro, espalda de roble, pelo de calabaza, gritándole que saltara.

Y él, él no se atrevió.

Las sombras subían del mar.

No eran peces. No eran hombres.

Eran cuerpos perdidos entre mundos, arrastrando cadenas que sonaban como lamentos bajo el agua.

¡Clang! ¡Clang!

Grilletes metálicos colgaban de sus tobillos. Aún parecían vivos. Y uno de esos cuerpos tomó a Alonso del brazo. Su piel fría como coral muerto.

Su voz le susurró directo al oído. —Tú eres de aquí, pero te llevarán lejos. No te olvides, mi querido forastero.

El Mar Caribe abrió su boca hambrienta, mostrando lo que guardaba. Entre las sombras densas, donde el agua dejaba de ser agua y se volvía otra cosa, una cosa oscura, espesa, infinita.

Alonso vio unos ojos.

No eran humanos, ni del todo vivos. Ojos con un fulgor profundo, brillando como carbones en la noche, ojos que parecían rostro de la muerte misma de otro mundo.

No hablaron.

No se movieron.

Solo lo miraban.

Y Alonso entendió que había bajado demasiado, más allá del recuerdo, más allá del miedo, a un lugar donde los nombres ya no existen, pero los pecados sí.

—A un lugar llegaron, mis aldeanitos, a un lugar donde algunos todavía esperan, todavía suspiran, por ser reconocidos por los que nunca supieron saltar —dijo Alonso.

Se dobló en dos y hundió las manos en la arena húmeda, jadeando como pez fuera del agua.

—¿Alonso? —preguntó Yuisa, con los ojos grandes como lunas, acercándose a él. —¿Qué estás diciendo?

Él alzó la vista, los ojos rojos como brasas encendidas, y murmuró. —Yui, esta costa fue testigo de mi peor cobardía. Aquí dejé enterrado algo, años atrás. Algo que no debí tocar. ¿Y ahora? Ahora parece que me está llamando.

Yuisa lo observó fijamente, como si hubieran vuelto a Costa Azul, pero no estaban allí. Estaban en esta nueva costa, donde el sudor le corría a Alonso por el cuello como el Río Alto bajando por Monte Verde, y su pecho subía y bajaba desconsoladamente, como si hubiese corrido desde la Plaza hasta Costa Azul en segundos, con la misma furia que los ayudó a escapar de los guerreros isleños.

Entonces, sin titubear, Yuisa metió la mano en su bolsito de bejucos. El cuero vegetal olía a monte mojado y hojas secas. Sacó un puñado de achiote machacado, lo mezcló con arena húmeda y creó una pasta rojiza que brillaba bajo la luz del fuego.

Yuisa pintó los hombros, las mejillas y el pecho de Alonso, trazando líneas que ardían como sangre de ceiba recién cortada.

—¿Qué haces, Yui? —preguntó Alonso, mientras ella lo tocaba como pez fuera del agua.

—Tú no viniste solo. Viniste conmigo. Viniste con nosotros. Aquí nadie se queda atrás —dijo Yuisa, y su voz tronó como caracol de guerra. —Puedo ver dos isleños escondidos detrás de las palmas.

—Los escucho también —dijo Alonso, con su voz segura aunque no se movió.

Enay salió del matorral cojeando. Sostenía a Jomar por el hombro y lo ayudó a sentarse sobre una piedra. Levantó medio coco y bebió el agua de un trago.

—¡Oye! ¡Esto sabe dulce! —dijo Enay, chupando lo que quedaba del coco que tenía un aroma demasiado dulce. El mismo que encontró en la costa.

Alonso entrecerró los ojos. Había algo raro en la textura de la cáscara. —¿De dónde sacaste ese coco? —preguntó Alonso, pero era ya muy tarde.

De repente, sus ojos empezaron a parpadear y su cuello se torció como rama podrida de yagrumo.

—¡Enay! —gritó Yuisa, corriendo hacia él mientras el cuerpo del aldeanito comenzaba a temblar como palma en tormenta, hasta que cayó en la arena.

—¡Los cocos! —rugió Alonso—. ¡Aquí los dejan de trampa pa' enemigos!

—¿Pero quién haría eso? —empezó Jomar, y en ese mismo instante dos sombras salieron de entre las palmas, los isleños escondidos.

Una mujer, piel de oro viejo, mirada afilada como cuchillo de piedra, y un cinturón de colmillos de jicotea colgando en su cintura. A su lado, un hombre de barba trenzada y un tatuaje en el cuello con forma de caracol que parecía moverse con cada respiración. Su pelo era negro como la noche, casi rozándole las cejas. Le caía por los lados del pecho como sombra viva.

—¿Quién rayetes son ustedes? —tronó él, levantando una lanza de hueso que apuntaba directo al corazón de Yuisa.

Pero antes de que alguien pudiera hablar o actuar, Yuisa levantó la cabeza, firme como ceiba, sin pizca de miedo.

—Venimos del otro lado de la Isla —dijo Yuisa con voz templada por el sol—. Llegamos por agua, en nuestra canoa. Necesitamos ayuda con el nene.

Los ojos del hombre se clavaron en Alonso, aún cubierto en achiote, rojo como sangre fresca. —¿Ese forastero? ¿Es de la Gran Ceiba?

Yuisa enderezó los hombros.

No entendía a qué se refería con eso. —Sí.

La mujer soltó una risita breve, como canto de coquí en charco hondo.

—Mira al niño, hombre —dijo la isleña, bajando la mirada hacia el cuerpo de Enay. —Ayudémoslo. No se preocupen, soy Kairani, futura curandera de Costa Rosa —se presentó ella, arrodillándose con manos firmes encima de Enay. —Y este es mi esposo, Oruyán —continuó mientras miraba el coco a un lado y asintió. —Ese coco lleva nuestra marca. Quien lo bebe sin permiso recibe el veneno gratis.

—No sabíamos —dijo Jomar, con voz temblorosa como caña bajo viento. —No sabíamos.

Oruyán asintió despacio, ojos de río viejo.

—No sabían —dijo Kairani, bajando un poco la lanza mientras observaba el rostro exhausto de Yuisa—. Pero no dejaremos que muera por ignorancia. Los del otro lado de la Isla no tienen estas costumbres. Están tan alejados de los del Islote que no toman estas precauciones.

Yuisa intercambió una mirada con Alonso.

El silencio entre los cinco era denso, apenas roto por los gemidos de Enay y el zumbido de los insectos del monte.

Entonces Kairani se acercó un poco más, tocando con dos dedos el brazalete que brillaba en la muñeca de Yuisa.

—Ustedes son taínos —dijo, con un tono que mezclaba sorpresa y respeto.

—¿Taínos? —repitió Yuisa, arqueando las cejas.

Alonso sonrió apenas, con un hilo de voz cansada. —Significa *buenos*.

—¿Buenos? —preguntó Yuisa, con el ceño fruncido.

—Sí —susurró Alonso, mirándola con ternura—. Cuando los primeros pueblos se conocieron, esa palabra era una promesa. «Yo soy taíno» significaba que no venías con maldad, sino con manos abiertas. Era decir «no soy tu enemigo».

Oruyán, que los observaba en silencio, soltó una risita. —O como dirían esos forasteros del mar, *tainch* —dijo con acento exagerado, riéndose por lo bajo mientras imitaba el tono nasal de los extranjeros.

—Así lo decían, con esa lengua rota —añadió Kairani, negando con la cabeza—. Siempre creyendo que podían nombrar lo que no entienden.

—Y ahora esa palabra —murmuró Yuisa—. ¿Sigue significando lo mismo?

Kairani la miró con una mezcla de tristeza y orgullo. —Aquí sí. En la capital ya no. Allá taíno quedó como historia vieja, una palabra de los abuelos que el Máximo borró de los cánticos, como hizo con la cohoba. Pero aquí, en los montes y costas que el fuego aún respeta, ser taíno significa seguir siendo parte de la tierra. De Yaya.

Yuisa bajó la mirada, apretando la mano de Enay. —Entonces quiero seguir siéndolo.

—Vengan —dijo Oruyán, girando con la lanza aún en alto. —Pero no hagan movimientos raros.

El tatuaje de caracol que le cubría el brazo brillaba como si respirara con él.

—¿Adónde lo llevan? —preguntó Yuisa, cargando junto a Alonso el cuerpo de Enay, que ya no hablaba, apenas gemía como un coquí de madrugada.

—A nuestra aldea —respondió Kairani—. El curandero mayor decidirá si Yaya lo quiere vivo o si ya lo dio por perdido.

ALDEA ISLEÑA

—SHHH —DIJO ENAY, intentando calmarse mientras lo cargaban a la casa del curandero. El sendero cubierto de hojas húmedas. El aire olía a monte vivo y a lluvia vieja

—Ya llegamos al bohío del curandero —anunció Kairani, con su cinturón de colmillos de jicotea colgando en su cintura, empujando la puerta de palma que se abrió con un quejido. Yuisa la miró confundida; Jomar no la escuchó.

—Bohío es casa, Yui —susurró Alonso al oído de Yuisa.

Yuisa miró el bohío del curandero y pudo ver que era angosto y húmedo, con yagrumos altos que se mecían de un lado a otro, como si chismearan entre ellos, contando secretos del monte isleño. Pero no hallaron al curandero, sino a una curandera de trenzas largas, de mirada firme y collares de caracol que tintineaban como campanitas cada vez que ella se movía.

El humo de hojas de guanábana llenaba el aire, denso y tibio, mezclado con el canto lejano de los coquíes, como si velaran la escena.

—Pónganlo aquí —ordenó la curandera con firmeza, señalando un petate extendido sobre el suelo de palma.

—¿Puyara? ¿Dónde está Quiribón? —preguntó Kairani mientras Oruyán recostaba a Enay, con sus rodillas raspadas y la cara apretada de dolor.

Crac, crac.

—¿Nuestro curandero? —preguntó Puyara sin levantar la vista, moliendo con fuerza mientras comenzó a moler hojas verdes sobre una piedra. —No ha vuelto desde que contestó la llamada del Máximo.

Puyara mezcló las hojas verdes con agua clara del río y semillitas rojas de achiote que parecían sangrar al tocarlas. Murmuró bajito, como si hablara con alguien invisible, alguien que respiraba entre humo y silencio.

—Atabey, madre del agua —recitó Puyara con los ojos cerrados, manos en el aire.—Yúcahu del monte, líbralo de este mal.

Con manos firmes, Puyara untó la mezcla sobre la cara de Enay. El nene suspiró, y como si un cemí invisible le hubiera quitado el peso del mundo, cerró los ojos y se quedó dormido, con una sonrisita tranquila que iluminó la choza.

—Déjenme decirles que este isleñito dormirá de lo más feliz —dijo Puyara, con una voz de río sereno que llenó el bohío—. Pero mañana correrá como sendo pitirre.

El aire olía a hojas molidas y humo dulce, y el canto de un coquí, metido entre las palmas, marcaba el ritmo de la noche.

—Gracias —dijo Yuisa, con alivio, mientras Alonso le tomó la mano. Su piel estaba tibia, cubierta del cansancio del día, pero ese toque bastó para devolverle un poco de calma.

Puyara asintió, guardando las hierbas con cuidado en una cesta de bejucos. —Su hijo descansará aquí esta noche —dijo, acomodando los frascos con la precisión de quien lleva años curando cuerpos y secretos.

Yuisa y Alonso se miraron por dos segundos, a punto de reír, pero Jomar se les metió en medio, abrazándolos.

—Esta noche seré hijo único —dijo Jomar, con una sonrisa de oreja a oreja.

Yuisa soltó un suspiro resignado y rodó los ojos. —Ay, Jomar... ni dormido dejas de hablar.

La noche ya había caído, envuelta en un canto suave de coquíes y en el brillo tembloroso de las antorchas en la aldea de Costa Rosa. El aire olía a sal, a palma fresca y a humo de fogón recién encendido. Yuisa caminaba con cautela, con los ojos grandes como luceros, seguida por Alonso y Jomar, que no dejaba de mirar todo como si el mundo les naciera otra vez.

Delante de ellos iba Kairani escoltándolos con su piel cobriza, sonrisa fácil, acomodando su collar de conchas que tintineaba con cada paso.

Tin, tin, tin.

—Vengan a mi bohío —dijo Kairani con orgullo al llegar a su casa hecha de palma, yagua y troncos firmes.

Jomar se detuvo en seco, ladeando la cabeza. La palabra «bohío» le sonaba extraña, misteriosa, como si lo estuvieran llevando a una trampa.

—¿Qué es un bohío? —preguntó Jomar, con voz de un niño que quiere aprender lo que nunca le enseñaron.

Hubo un silencio breve hasta que Yuisa soltó una carcajada un poco rara.

Ja, ja, ja.

Era tan contagiosa como trueno en fiesta.

Oruyán, que estaba al final cargando un manojo de yautías, también rió con fuerza, con esa risa franca que sacude el aire.

—¿Cómo que qué es un bohío? —preguntó Oruyán, soltando una risita, su tatuaje de caracol moviéndose, mientras señalaba el círculo de palma y madera—. Pues esto, ¿qué más va a ser? Mira qué belleza, paredes que respiran y techo que se lleva la lluvia... cuando quiere.

—Un bohío es casa, niño —añadió Kairani.

—Una casa redonda, hecha pa' que el viento se meta y salga, pa' que el sol no te queme y la lluvia no te encuentre dormida —continuó Oruyán, levantando un trozo de palma reseca que se deshizo entre sus dedos—. Perfecta, ¿no?

Jomar, curioso, cruzó la entrada. El aire olía a sal y humo viejo, no a yuca tostada ni a cazabe fresco. Frunció la nariz.

—¿Y no cocinan nada más que pescado aquí? —preguntó Jomar, mirando el fogón lleno de espinas negras y escamas pegadas al barro.

Kairani bajó la cabeza. —Es lo único que hay. Desde la primera batalla contra los forasteros, los Conucos se secaron. Gracias al rey forastero.

Alonso bajo su mirada.

—¿Se secaron? —repitió Jomar, sorprendido.

—Claro —interrumpió Oruyán, estirándose como si hablara de algo sin importancia—. El suelo se volvió salado, las lluvias se olvidaron del camino, y los del norte se llevan lo poco que crece. Les encanta venir a «protegernos», ya sabes: se quedan con todo. —Agarró un hueso del fuego, lo giró entre los dedos y sonrió apenas.

—Pero oye, no nos quejamos. Estamos mejor que las otras aldeas —continuó, mirando hacia el mar—. Nosotros al menos tenemos el agua. Ellos se conforman con tristes frutas... o con lo que sobra de nosotros.

El fuego chispeó. Jomar aspiró el aire otra vez, buscando un olor que no estaba. —No huele a casa —dijo en voz baja—. No huele a vida.

Kairani lo miró con una tristeza que no cabía en palabras. —No todavía, pequeño. Pero si Yaya lo permite... quizás vuelva a oler a yuca algún día.

Jomar no podía creerlo, pero no necesitaba más explicaciones. Corrió hacia adentro con la energía de un juey travieso.

—¡Miren, tienen camitas de palma! —gritó Jomar, tirándose de golpe en una de las esteras, levantando polvo como nube de ceniza.

—¡Aquí cabe un ejército de iguanas! —añadió, riéndose a carcajadas mientras rodaba sobre el suelo de yagua seca.

—Y eso que ya no quedan caneyes —dijo Oruyán.

—Solo el Caney del Máximo en la Gran Ceiba —dijo Kairani.

Alonso le sonrió a Kairani y Oruyán, rascándose la nuca, con un aire tímido, como si le diera vergüenza. Yuisa, en cambio, se quedó quieta, mirando la estructura con ojos asombrados. Tocó la palma trenzada de la pared, pasó los dedos por los amarres de bejuco, respiró el olor de la yagua seca como si fuera perfume de monte.

—Ese de allí —dijo Kairani, señalando un bohío más pequeño, justo al lado. —Es el suyo para la noche.

Yuisa abrió la boca, sorprendida, como si el viento mismo le hubiera robado el aliento. —¿El mío?

—El de ustedes —contestó Kairani, encogiéndose de hombros con sencillez—. Mis padres no han vuelto desde la llamada de Isla Grande, así que por hoy será suyo. Aquí nadie duerme sin techo.

Yuisa sintió un calor distinto en el pecho, calor que no venía del fogón ni de la brisa húmeda del mar, sino de algo más hondo, como raíz de ceiba que late bajo tierra. Se inclinó hacia la isleña y murmuró con gratitud.

—Gracias —dijo Yuisa mientras Kairani la miró directo, sonrisa fácil, ojos como agua clara que entendían más de lo que decía.

—No me des gracias a mí, Yuisa. Dale gracias a la tierra. Ella siempre nos presta espacio pa' vivir.

Yuisa parpadeó, apretando los labios, y esa noche, Yuisa y Alonso se quedaron despiertos frente a la antorcha del medio. La llama brincaba y danzaba, como si jugara con ellos. Afuera, la aldea murmuraba canciones viejas, se escuchaban maracas, caracoles soplados, voces graves que temblaban como trueno lejano.

De pronto, un murciélago entró por un roto del bohío y bajó en espiral.

¡*Suass, suas*! Se posó en el brazo de Yuisa. No la mordió, no la arañó. Solo la miró con sus ojitos de candela, ojitos que parecían guardar un secreto antiguo. Yuisa se quedó fría, como palma cortada, rígida por fuera. El murciélago revoloteó una vez y se perdió entre sombras. Yuisa juraría que el aire le susurró su nombre antes de irse.

Apretó la mano de Alonso, trató de dormir, pero no pudo. Pensó en cómo estarían su abuela, su padre y su gente.

—Abuela —susurró Yuisa en la oscuridad, y las lágrimas le corrieron libres, como riachuelos que se niegan a ser detenidos.

Alonso se inclinó hacia donde ella, la sostuvo por los hombros.

—Todo estará bien, Yui.

Yuisa lloró bajito, para no despertar a Jomar, como río escondido bajo piedras. Alonso la abrazó con fuerza, queriendo detener con sus brazos el mundo que se caía. Allí, bajo el cielo negro de la isla, los dos se dejaron vencer por el cansancio.

Y se quedaron dormidos, entrelazados.

El sol apenas se colaba por los huequitos del bohío, pintando de oro la paja cansada de las paredes. Era como si el mismo Yúcahu hubiera dejado un rastro de luz para despertar a los que soñaban.

Un gallo cantó y Yuisa abrió los ojos primero.

El fuego del centro ya era ceniza fría, humo dormido, pero el calor seguía vivo, porque al girar la cabeza lo vio.

Alonso.

El forastero, ya no tan forastero, dormía a su lado. Su cuerpo manchado de rojizo. Lo miró fijo, calladita, como quien mira a una jutía y no quiere espantarla. Miró su carita rara, esa mezcla de mundos distintos que se le antojaba tan suya como el reflejo en un charco después de lluvia. El pelo rebelde, como el mismo Monte Verde que jamás se dejaba domar, caía sobre su frente. Sus labios, apenas abiertos, dejaban escapar un ronquido suavecito.

Rrr, rrr.

El sonido más dulce que Yuisa había escuchado en su vida entera.

Sus ojos bajaron al brazo descubierto, vio su marca en el antebrazo.

El brazalete de oro parecía a punto de partirse con la fuerza del músculo que latía debajo. Y en ese destello de imagen, Yuisa recordó de golpe aquella noche de la hamaca, cuando creyó que las antorchitas eran estrellitas bajando a velarlo y fue ella quien vio estrellas esa noche.

Ejem, ejem. Alonso tosió y sus párpados temblaron y abrió los ojos. Una sonrisa, todavía pegada de sueño, se le escapó de los labios.

—Buenos días, Yui —dijo Alonso, ronco.

Yuisa se inclinó, el corazón brincándole en la garganta como pitirre asustado, dispuesta a hablarle, hasta que, de la nada...

—¡Algo está pasando afuera! —gritó Jomar, con el pecho agitado, cayendo encima de ellos como una piedra cae al río.

Salieron corriendo del bohío. La plaza de Costa Rosa, en la costa de Isla Grande, se llenó de pasos y tambores. El aire de la mañana ya no traía calma, traía pasos, golpes de tambor, voces ajenas a su aldea. Los vieron en la plaza de Costa Rosa. Los mismos guerreros isleños con antifaces que atacaron la Plaza de ellos, pero esta vez caminaban en fila, calmados, con sus cuerpos pintados de rojo y negro, como sombras encendidas por un odio que Yuisa quisiera entender.

De pronto, entró un isleño. Llevaba un collar de oro sobre la panza redonda; la cabeza, brillante, sin un cabello. Se movió como un manatí gigantesco, su taparrabo golpeando el suelo y sus pies descalzos, hasta que empezó a cantar con una voz grave que ni los mismos dioses isleños ni los forasteros quisieran escuchar.

—El Islote que nos fue robado, vuelve a nuestras manos. Los

dioses nos devuelven lo que nos quitaron —dijo el calvo isleño.

El murmullo de la aldea cambió. Los tambores entraron como un pulso nuevo y el aire perdió su calor. Toda la aldea empezó a gritar, niños saltando de felicidad, mientras Yuisa los miraba a todos con ojos de charco.

—Gracias a los guerreros valientes de Isla Grande —continuó el calvo. —Los isleños del Máximo Turey, el Islote es nuestro otra vez.

Los guerreros gritaron, alzando brazos, bailando en círculo como si celebraran una cosecha ganada pero robada. Las manos de Yuisa formaron dos puños cerrados mientras el calvo de la panza redonda cantaba más alto, la voz como trueno de tormenta.

—Ya los aldeanos no nos atacarán.

Yuisa miró a Alonso.

Alonso miró a Jomar.

Y sin palabras, los tres entendieron.

Necesitaban irse con Enay, lejos de Isla Grande.

Entonces apareció otro grupo de guerreros, distintos a los demás.

Llevaban trenzas largas hasta las nalgas, cubiertas por el taparrabo y arrastraban unos aldeanos atados. Entre ellos estaba Natay, la aldeanita que preguntaba lo que nadie se atrevía.

Yuisa apretó la mano de Alonso, con la fuerza de un río escondido. Jomar se pegó a su costado, y Alonso lo cubrió con el brazo izquierdo, tapándole la cara, como si quisiera arrancarle los ojos al dolor.

El calvo volvió a cantar, ahora señalando a Natay.

—Hoy por la noche, esta aldeana será el regalo que le daremos a la diosa, a Guabancex.

Los gritos, las palmadas retumbaron en toda la plaza como truenos. Jomar temblaba, las lágrimas cayéndole como lluvia recién soltada. Alonso lo apretó más fuerte, como si sus brazos pudieran esconderlo del mundo.

Corrieron de vuelta al bohío, pero cuando entraron por la puerta allí estaba él.

—¿Enay? —preguntó Alonso.

Enay, que estaba sentado en el suelo, con un cuchillo de forastero en una mano y un mango en la otra. Lo devoraba con rabia, la pulpa naranja escurriéndole por el pecho desnudo y lampiño.

—Tenemos que salvarla —dijo Enay entre mordiscos, la voz llena de fuego. El jugo rojo del fruto le chorreaba por su carita como si fuera lluvia, y con el dorso de la mano se lo limpió antes de chuparse los dedos, con rabia. Ya se levantaba, dispuesto a correr hacia la puerta.

—No, Enay. Nosotros vamos a intentar algo —dijo Yuisa, poniéndose de pie frente a él, con la voz firme aunque el pecho le temblaba por dentro.

—Pero ¿y si la sacrifican? —empezó Enay.

—No lo harán —intervino Alonso, clavando los ojos en Yuisa, buscando en su mirada una certeza, pero la puerta del bohío se abrió de golpe.

—¿Kairani? —preguntó Jomar cuando la vio entrar con Oruyán

al bohío, envueltos en una penumbra espesa de humo y brisa salada. Ambos llevaban collares de dientes y plumas enredadas con hilo rojo. La mujer sostenía un cuenco de barro con agua oscura, y el hombre un manojo de hierbas ardiendo, cuyo olor amargo llenó el aire.

—La tormenta no puede venir —dijo Kairani sin mirar a nadie.

—Guabancex no querrá despertarse después de esta noche — añadió Oruyán.

—El viento nos llama. Y cuando soplemos, no habrá vuelta atrás —murmuró Kairani, lanzando el agua al suelo. Las gotas chispearon como si tocaran fuego invisible.

Yuisa tragó saliva.

—¿Qué quieren decir? —preguntó Yuisa, aunque temía la respuesta.

—Esta noche se decidirá. El sacrificio sellará la paz entre los isleños y los dioses, no habrá ningún huracán —dijo Oruyán, girando el manojo de hierbas hasta apagar su brasa.

—No hay huracán que nos quite lo que amamos —replicó Yuisa con rabia contenida.

Kairani la miró entonces, despacio, con una sonrisa que parecía compasión o advertencia. —Eso mismo dijo la madre del trueno antes de perderlo todo.

El silencio que siguió fue pesado, como si el mismo bohío contuviera la respiración. Alonso miró a Yuisa, entendiendo que el tiempo se les acababa.

Cuando Kairani y Oruyán se fueron, el humo quedó flotando

como un velo espeso. Yuisa y Alonso cruzaron la puerta casi al mismo tiempo, decididos a actuar.

Pero el aire de adentro se sentía distinto.

Más frío.

Más vacío.

Yuisa dio un paso y notó que no había nadie. La hamaca de Jomar estaba vacía; la cáscara del mango que Enay se comió en la esquina.

—No —susurró Alonso, ahogando el grito mientras Yuisa corrió afuera, pero era muy tarde. No había rastro de ninguno de los dos.

Solo marcas de pies pequeños que se perdían en la tierra.

—Alonso —dijo, con la voz quebrada.

Él salió tras ella, mirando a los lados, el corazón golpeándole el pecho.

—Se fueron.

BATEY

—NO PUEDE SER QUE se hayan esfumado así —dijo Yuisa, apretando los puños como si apretara el mismo corazón.

Yuisa y Alonso caminaron desesperados entre bohíos y palmas, llamando en suspiros, llamando bajito, pero los nombres de Enay y Jomar se los tragaba el viento, o se perdían entre ellos mismos. Quisieron gritar, pero el murmullo de los isleños era como río que arrastra todo.

No quedaba nada; nada volvía.

Antes de que Alonso pudiera responder, dos isleños se cruzaron en el camino. Tenían en los ojos un brillo raro, mezcla de respeto y mandato, como si Yaya misma los moviera.

—¡Vengan! —ordenó uno, señalando con el mentón. Para no delatarse, lo siguieron.

Bajaron del batey hasta la plaza, dos hileras de bohíos más abajo, donde el fogón central ardía

—¿Crees que sepan algo? —susurró Yuisa a Alonso, pero no le

contestó.

Dos isleños los guiaron por la aldea, entre hileras de antorchas que dibujaban sombras danzantes sobre las paredes de yagua. El murmullo del pueblo se fue haciendo rugido de ola que crece. Y al salir del pasillo estrecho, Yuisa lo vio.

—Un batey —susurró Alonso.

—Sí, nuestro batey —dijo el isleño del mentón mientras Yuisa fruncía el ceño.

Ella se detuvo en seco al ver las piedras, altas y viejas, que formaban un círculo perfecto, y cada una parecía respirar luz propia, con símbolos tallados que brillaban como cicatrices encendidas al reflejar el sol por primera vez.

—¿Batey? —murmuró Yuisa, nunca había visto uno en la Plaza del Islote.

El suelo estaba pulido por siglos de pasos, por danzas y juegos que contaban historias sin palabras. Yuisa sintió que el aire pesaba distinto allí, como si estuviera hecho de recuerdos.

—Yui, el batey es una plaza ceremonial marcada con piedras —susurró Alonso a Yuisa mientras ella sentía una energía que subía desde la tierra y le vibraba en los pies, haciéndola dudar si debía seguir caminando o arrodillarse. Todo su cuerpo reconocía algo que su mente no entendía. La sensación de estar frente a un lugar donde los dioses aún escuchaban.

—¿Cómo es que tú siempre conoces más que yo? —preguntó Yuisa, alzando una ceja mientras el viento le movía las trenzas.

Alonso sonrió apenas, sin mirarla. —Todo ese tiempo que me

ignorabas, lo usé para aprender. Tu lengua, tus costumbres... tu gente —pausó Alonso y añadió, con una media sonrisa. —Bueno, la de los isleños, al menos.

Yuisa ladeó la cabeza, desconfiada. —¿Y por qué tanto interés?

Alonso la miró entonces, directo a los ojos. Su voz bajó, grave, casi como si se le escapara una confesión. —Porque quería entenderte. Quería tener algo en común contigo... aunque fuera solo una palabra.

Yuisa soltó una risa breve, sin alegría. —Y mira que lo lograste: ahora sabes hablar y sufrir igual que nosotros.

El silencio cayó entre ellos. Solo se escuchaba el murmullo del batey y el golpeteo del agua contra los caracoles. A su alrededor, decenas de isleños formaban un círculo cerrado, rostros tensos, cuerpos pintados con barro y achiote, todos esperando lo mismo. El aire olía a noche húmeda, a humo, a expectación.

Alonso respiró hondo y murmuró, casi para sí. —Espero que esto de tener algo en común no incluya morir juntos.

Yuisa lo miró de reojo. —Depende —dijo con calma—. Si te portas bien, quizás te salve otra vez.

Y sin más palabras, el tambor del batey empezó a sonar, bajo y profundo, como un corazón que sabía lo que venía.

Allí estaban todos.

Decenas de isleños rodearon el batey, esperando lo mismo.

El Batú.

—Estamos en un partido, Yui —susurró Alonso mientras miraban los jugadores en el centro moviéndose como felinos hambrientos. —Tenemos un juego parecido a este de donde vengo.

—¿Un juego? —preguntó Yuisa en un susurro mientras observaba mujeres y hombres que llevaban yukes de piedra tallada en la cintura, adornados con líneas que parecían venas de la misma tierra.

Sus cuerpos estaban pintados en franjas negras y rojas, y sus rostros eran máscaras de seriedad. No jugaban por juego, jugaban por mandato de los dioses. La pelota, el batú, era sólida, oscura, hecha de resina y raíces, y al tocarla, *toc-toc*, rebotaba como si tuviera alma propia.

Yuisa tragó saliva.

Lo sabía. Todos lo sabían.

Ese juego no era solo deporte: era ceremonia, juicio y destino.

El isleño de voz grave levantó los brazos, y su eco tronó como caracol soplado.

—Otra vez este hombre —dijo Alonso, poniendo los ojos en blanco.

—Hoy, el destino de la aldeana será sellado. Natay será entregada o liberada, según el Batú lo ordene.

De entre la multitud, un viejito de cabello negro y blanco, como humo mezclado con noche, se levantó con esfuerzo. Se sentó en una pequeña silla de madera negra, tallada con figuras y rostros antiguos.

Yuisa entrecerró los ojos, curiosa.

—¿Qué es esa silla en la que se sienta? —susurró Yuisa a Alonso.

—Es un duho —le respondió él, con voz baja, casi reverente—.

Los mas alto y sabios lo usan para hablar en nombre de los dioses. Maní, tenía uno, pero nunca quiso usarlo. Decía que prefería escuchar a la tierra de pie.

Yuisa sintió un nudo en el pecho, mientras el viejito enderezaba la espalda y alzaba la voz.

—Escuchen bien, hijos de Yaya —dijo el viejito, apoyando una mano temblorosa en el brazo del duho—. El batú no es solo juego, es palabra de los dioses. Dos equipos, un solo destino. La bola no debe tocar el suelo. Solo el cuerpo puede hablar por ella. Sus caderas, hombros, rodillas, codos, cabeza, pero nunca las manos. Quien deje caer la pelota, pierde un punto. Y cuando caiga por tercera vez, los dioses habrán hablado. Ninguna voz humana puede cambiar su decisión.

El viejo respiró hondo y cerró los ojos un instante. La brisa del mar movió su cabello mezclado, negro y blanco, y las antorchas temblaron, como si también atendieran sus palabras.

Yuisa buscó entre la multitud y allí la vio.

Dos guerreros sujetaron a Natay, la atrevida, la que nunca se quedaba callaíta. Pero ya no reía. Tenía los ojos llorosos, la respiración hecha sollozo amarrado. No forcejeaba. Había entendido demasiado pronto lo que el destino podía hacer con una niña.

—Que empiece el batú —dijo por fin, y el silencio se rompió como ola sobre piedra.

El juego comenzó.

Pum, pum.

El batey rugió.

Cada golpe de cadera, de rodilla, de hombro, mezclado con los gritos de los isleños. La pelota de resina botaba viva, de un lado a otro del campo sagrado, como si el monte mismo jugara.

Yuisa y Alonso estaban en primera fila, arrinconados entre guerreros y isleños. No podían hablar de Enay ni de Jomar y mucho menos de Natay. Ese secreto les quemaba la garganta como brasa escondida, pero debían callar.

Los equipos chocaron como tormenta sobre cañaveral. Los isleños de la aldea eran rápidos, ágiles como jueyes escurridizos en la orilla. Pero los de la Gran Ceiba eran otra cosa.

—¡Nita Cao! —gritaron los isleños al verlo.

Fuerza y precisión.

El sol le deslizaba fuego por la piel bronceada mientras se movía en el batey con una fuerza casi provocadora, los músculos tensándose bajo el sudor y la luz del fuego; su yuke tensado como arco de guerra.

Cada golpe al batú, cada golpe de cadera, cada empuje de hombro era una danza de poder y deseo contenido, una mezcla peligrosa de furia y belleza que hacía imposible apartar la mirada.

De pronto, la pelota voló alto, más alto de lo que nadie esperaba. El pueblo entero lanzó un murmullo largo, como viento que silba entre cuevas.

—¡Eeeeeh!

La bola giró en el aire, giró y giró, y antes de que alguien pudiera reaccionar, cayó frente a Yuisa. Rebotó contra una piedra, y le golpeó suavemente la pierna.

Una voz le susurró: «Tómala».

Le recorrió la espalda como un soplo frío y, antes de pensarlo, Yuisa se levantó. El aire cambió, pesado, distinto. La luz se torció como si el día se cansara de ser día. Un temblor recorrió el suelo, y por un instante, el cielo se apagó. El sol pareció esconderse detrás de sí mismo, y todo el batey quedó cubierto por una penumbra extraña, espesa, imposible, como si la tierra contuviera el aliento. Las antorchas titilaron, los murmullos se murieron en las gargantas. Solo el batú giraba en el aire, negro contra negro, como si el propio sol hubiera perdido su rostro.

Un silencio raro, silencio pesado, cayó sobre el batey como manta de humo. Ni coquí cantaba, ni palma se movía. Hasta el viento, curioso, se detuvo a escuchar.

Cao fue el primero en moverse.

Corrió hacia Yuisa, el torso brillando de sudor, los músculos tensos como bejucos enredados, los ojos clavados en ella como laguna sin fondo. La multitud lo miraba, expectante, como si hasta los dioses hubieran bajado pa' ver qué haría ese hombre.

Yuisa se inclinó, dedos temblorosos, y recogió la bola negra, el batú que rebotaba como si guardara un espíritu propio. Cuando alzó la vista, Cao ya estaba frente a ella. Y allí pasó lo que nadie esperaba.

Cao se detuvo.

El ruido del pueblo se borró, como si alguien lo hubiera soplado. El humo de las antorchas se espesó, cerrándolos en círculo.

Cao extendió la mano, no bruscamente, no como un guerrero, sino con cuidado.

—No todos logran tocar el batú sin que se quiebre —dijo Nita Cao bajito, solo pa' ella.

Yuisa apretó la pelota contra el pecho, el corazón a millas. —Ni yo me quebraré —dijo, mientras apreciaba los cráteres dejados por sus años como niño en sus cachetes, que el sol había tratado de esconder.

El tiempo se arqueó.

Sí, se dobló como rama bajo tormenta. Cao arqueó la ceja, intrigado, como si hubiera visto su propio reflejo en los ojos marrones de la isleña.

—¿Quién eres en verdad? No creo que te haya visto antes —susurró Cao, como si buscara un nombre que no debía decirse.

Yuisa tragó saliva.

Sabía que no podía responder. Su nombre completo, su linaje, era un secreto más grande que el mismo batey. Así que no habló. Solo extendió la pelota con ambas manos.

Cao la tomó despacio.

Y en ese roce mínimo pero eterno, los dos entendieron que ambos compartían algo más. Algo tejido por Yaya en silencio.

¡TUM! Retumbó el tambor de golpe, rompiendo el momento.

El sol regresó, el público gritó, las voces subieron como río desbordado. Cao giró sobre su eje, devolvió el batú al aire y, con un golpe limpio de cadera, lo lanzó al juego.

Pero Yuisa aún sentía en las palmas la vibración de lo que

acababa de pasar.

—Fue muy intenso —susurró Alonso, pero Yuisa no le respondió, ella ni podía sacudirse el calor de esa mirada, el peso de esa pregunta no contestada.

Pero el juego siguió.

Los cuerpos chocaban, saltaban, giraban, devolvían la pelota contra las piedras del batey.

¡*Tac, pum, tac, pum!*

El aire mismo parecía empujarlos. Los tambores invisibles del monte se mezclaban con el golpe de pies descalzos sobre la tierra. Cada punto que caía era sentencia escrita por los dioses.

Alonso, sin despegar la vista, murmuró junto a Yuisa. —Pobre Natay, creo que esto ya está decidido.

Yuisa apretó los dientes, mirando a Cao. Él dominaba el campo. Su fuerza era río desbordado, y su equipo lo seguía como manada fiel. Finalmente, con un salto y un giro, Cao marcó el punto definitivo.

El batey rugió y el suelo tembló con el golpe de los pies derechos, marcando el ritmo de la victoria.

El calvo del batú levantó las manos, la voz grave como trueno. —La decisión está tomada. Yucahu nos protegera y Guabancex tendrá su ofrenda, Natay.

Yuisa sintió que el aire se le arrancaba de los pulmones.

—No —gritó Yuisa, pero su voz se ahogó en el rugido de la multitud.

Natay, la de los ojos como luceros, fue arrastrada al centro del batey. Sollozaba en silencio, su carita iluminada por el fuego de las antorchas, como si ya ardiera antes de tiempo.

Alonso sujetó el brazo de Yuisa con fuerza de roca.

—Tenemos que hacer algo. Ahora. Vamos —dijo Alonso agarrándola por la mano.

Yuisa lo sabía: debían hacer algo. Pero también sabía que la ofrenda fue decidida.

Pero ella también sabía lo que las abuelas decían al calor del fogón. Que no siempre los dioses aceptan lo que los hombres imponen ante ellos.

La noche cayó pesada sobre Yuisa y Alonso.

¡Fuuu! Sopló el viento del mar, trayendo olor a sal y miedo. Yuisa y Alonso buscaron sin descanso, de bohío en bohío, de palma en palma, pero ni sombra de Enay, ni de Jomar, ni de la chiquita Natay.

Nada.

Solo el vacío que aprieta.

El fogón del centro ardía alto, lanzando chispas que trepaban al cielo como luciérnagas que querían huir. La aldea hervía en bullicio, voces y tambores que asfixiaban. Había más isleños que antes. Guerreros de antifaz de carey y cuerpos pintados de rojo, sí. Pero también otros, distintos: pelo negro, largo y lacio, todos del mismo largo, cayéndoles por la espalda como río oscuro.

Bailaban, giraban, se pasaban un balón de bejuco, *toc-toc*, como si la guerra fuera juego, como si la sangre no se oliera en el aire.

Y entonces, otra vez, apareció el de la panza.

Sí, ese mismo, moviéndose como un manatí libre en el Mar Caribe con sus brazos colgando, pies descalzos golpeando la tierra. Y entonó un canto; su voz gruesa se sentía en las costillas como tambor viejo.

—Guabancex recibirá esta noche el regalo, la aldeanita Natay. Se alegrará, y con su furia nos dará victoria.

Las palabras apenas se apagaron cuando un sonido seco rompió el aire. Puyara se inclinó, tosió y vomitó de golpe una espuma blanquecina que cayó sobre una piedra. Su cuerpo tembló, pero sus manos no soltaron lo que traía. Un cemí pequeño, oscuro, con ojos de caracol que parecían observarlo todo.

Con la respiración entrecortada, se limpió la boca con el antebrazo y alzó el cemí hacia las antorchas, murmurando una oración que nadie alcanzó a entender.

Luego, con una media sonrisa torcida, sacó un tubo en forma de Y de entre sus ropas. Yuisa la miro mientras los guerreros dorados al lado de ella alzaron los arcos y la miraron.

—Tranquilos —dijo Puyara, con voz ronca a punto de toser. Yuisa juro que le guiño. —No es eso, esto es algo mejor.

Lo acercó a la nariz y aspiró un polvo gris que brilló un instante antes de desvanecerse. Sus ojos se pusieron vidriosos, casi blancos, como si dentro de ellos se encendiera una tormenta.

Los gritos se alzaron, las palmas tronaron, y la música retumbó como mayohuacán furioso. Yuisa sintió la piel erizarse, y Alonso apretó la quijada, firme.

De pronto, un alarido cortó el aire.

Guerreros tambaleantes salieron desde un rincón de la Plaza, cayendo al piso con flechas clavadas en el pecho.

¡Pum, pum! Sus cuerpos golpearon la tierra.

La fiesta se volvió un caos con gritos, carreras, llanto de niños corriendo bajo los bohíos, escondiéndose como jueyes buscando hueco.

Los isleños que antes habían ayudado a Yuisa y Alonso se movieron ligeros como pitirres y se colocaron detrás de ellos.

—Sabemos que son aldeanos del Islote —susurró Kairani, con voz apurada, como brisa que corta la madrugada.

—No saben ni qué hacer en el ritual. Los dos siguen perdidos como jueyes —añadió Oruyán, en su mano su lanza de hueso.

Yuisa volteó, y allí los vio.

Enay, Jomar y Natay, rodeados por guerreros cubiertos de oro. Guerreros que brillaban con la luz del fogón como si fueran estatuas vivientes, como si fueran cemíes de carne. Formaban círculo perfecto, arcos listos en las manos.

—Vengan, los ayudaremos a escapar sin que se den cuenta —dijo Kairani, aguantando su cinturón de colmillos de jicotea.

—Por el verdadero Máximo —añadió Oruyán.

Yuisa no entendía nada; quizá el polvo llegó a ella.

El ruido de la aldea era trueno ensordecedor, pero dentro de su pecho solo había silencio. Silencio que pesa. Miró a Alonso, y en esos ojos leyó lo mismo que él sabía.

No podían dejar a esos tres solitos.

Yuisa dio un paso. Alonso levantó la mano. Listos para atacar. Pero antes de moverse, una voz se alzó clara, cortante como machete afilado.

—Ellos son aldeanos también.

El murmullo se apagó de golpe, como vela soplada. Todas las cabezas giraron. Y allí estaba ella.

—¿Itiba? —preguntó en un suspiro Alonso al verla. Ella, la que traía siempre la frente alta, la mirada filosa. De pie junto al manatí humano que silbaba órdenes, como si fuese dueño del viento.

De inmediato, varios guerreros giraron como un solo cuerpo y apuntaron sus arcos hacia Yuisa y Alonso.

El aire se volvió pesado, pesado como tormenta a punto de romperse. Alonso tragó en seco, se inclinó hacia Yuisa y murmuró con media sonrisa nerviosa, como quien sabe que el final ya lo está velando.

—Bueno, ahora sí que estamos juriquilludos —murmuró Alonso.

—Sí, por tu culpa —le espetó Yuisa entre dientes, sin apartar la mirada de los arqueros que la tenían en la mira.

Y en vez de correr, en vez de huir como cualquiera hubiera hecho, Yuisa y Alonso se movieron despacio, separándose de

Kairani y Oruyán, juntitos, hasta ponerse frente a los tres aldeanitos.

—Perdón —susurró Enay—. Solo quería ayudar.

—No te preocupes —dijo Alonso, cubriéndolo con su cuerpo, erguido como escudo humano.

—No es tu culpa —añadió Yuisa, adelantándose un paso más hasta quedar frente a Jomar y Natay, firme, tensa, como muralla hecha de carne y decisión.

Los arcos y las flechas, frente a ellos, respiraban. El aire se llenó de ese silencio antes del caos, ese que sabe a hierro y miedo. Yuisa sintió el corazón empujarle el pecho, como si quisiera salir primero que ella. Su mente se abrió en mil direcciones.

Los aldeanitos, Alonso, la Plaza, su abuela, su padre, su tierra, su gente.

Todos los rostros que perdería si daba un paso atrás.

Pensó en lo simple que sería.

Dar un paso al frente, gritar su nombre, su verdadero nombre. Yuisa, hija del Gran Maní de la Plaza del Islote, tiene que valer algo para ellos.

Pensó en ofrecerse ante los isleños. Quizás si ella cae, quizás ellos vivirán. Si ella moría, quizás Yaya se apiadaría. Y por un segundo, lo decidió. Dio un leve respiro, cerró los ojos y apretó los puños.

—Yo soy... —empezó Yuisa en la distancia, y el bullicio se apagó de golpe, como si alguien soplara fuerte sobre el Islote entero.

Un silencio total.

Solo el fogón crujía, único sonido, como corazón latiendo bajo la tierra misma.

Otro isleño bajito, de panza redonda como calabaza, silbó con fuerza, rompiendo el silencio. Al instante, todos los guerreros dorados alzaron sus arcos, apuntando directo a Yuisa y a Alonso. El aire se tensó, como cuerda de arco a punto de soltar una lluvia de muerte. El silencio pesaba tanto que hasta se podía masticar.

Itiba, que estaba a un costado entre los dos panzones, dio un paso adelante, con la respiración entrecortada y el rostro pálido como cera.

—¿Qué estás haciendo, Worayo? —susurró Itiba, apenas moviendo los labios.

—Cumpliendo la orden —respondió Worayo, el de la panza redonda, sin mirarla, los ojos fijos en su objetivo como un general militar forastero.

—Pero, se suponía que solo íbamos a atraparlos, ¿no? —insistió Itiba, la voz quebrada.

Él bajó la vista un segundo, solo un segundo, y ese instante bastó para que se viera el miedo detrás de su mirada.

—Órdenes son órdenes, Itiba —murmuró Worayo, apretando la mandíbula.

—¿Y yo? —le lanzó ella con rabia contenida.

Él respiró hondo, el pecho subiendo como marea. El isleño tragó saliva. —Nadie tiene asegurado nada esta noche —dijo él, casi con pena—. Ni tú, ni yo.

Los arcos crujieron. Las puntas de las flechas brillaron bajo el reflejo de las antorchas. Yuisa, sin saber del todo qué pasaba entre ellos, cerró los ojos y esperó el sonido inevitable. Lista para levantar sus brazos, y aceptar lo que siempre supo que es.

Pero, antes de que los brazaletes brillaran como escudo de luna, un sonido distinto atravesó el área.

No era flecha.

No era tambor.

Era un murmullo vivo, lo que había escuchado Yuisa en la distancia. Era un temblor de aire, suave primero, pero iba creciendo después, hasta volverse rugido de alas diminutas y del cielo oscuro bajaron ellos.

—Colibríes —dijo Kairani, agarrándole la mano a Oruyán con una sonrisa.

Primero uno, chiquitito y veloz, luego diez, luego cincuenta, luego cientos y como una cascada de luz, se formó un río de colores en el aire.

Verdes como jagua tierna, azules como mar profundo, rojos como semilla de achiote. Danzaban tan rápido que parecían chispas de fuego iluminando la noche.

Los isleños levantaron la vista, petrificados.

Los guerreros dorados se quedaron con la cuerda en las manos, quietos, como estatuas de piedra. El zumbido rebotaba en los bohíos, en el fogón, en los huesos de todos.

—¿Quiénes son ellos? —preguntaban algunos isleños en suspiros.

Los colibríes descendieron sobre Yuisa y Alonso, rodeándolos, haciendo un círculo vivo, un torbellino de alas. Giraban como si pintaran un cemí invisible en el aire. Sus pechos brillaban con resplandores que hacían ver a Yuisa y a Alonso como si estuvieran tocados por la misma luna.

Y entonces, uno distinto, más grande que todos, bajó. Su pecho brillaba azul, azul como río al amanecer. Se posó en el hombro de Yuisa. Sus patitas eran suaves, pero el peso era el de una promesa.

El fogón soltó un *crac* bajito. Nadie respiraba.

—Ella es la del murciélago —susurró una isleña.

—Los dioses, los dioses la protegen —dijo un guerrero, y bajó el arco.

Uno tras otro, todos siguieron. Arcos que descendían, rodillas que tocaban tierra, cabezas que se inclinaban. Porque no era Yuisa. No era Alonso. Eran los dioses hablando en el aleteo.

Los colibríes alzaron el vuelo otra vez y giraron en espiral hacia el borde de la aldea. El zumbido se volvió canto. El canto, camino. Yuisa lo sintió en el pecho como un jalón, un mandato. Y caminó tras ellos. Alonso detrás, los tres aldeanitos pegados a sus pasos, como pollitos a la gallina.

Nadie se movió para detenerlos.

Ni los guerreros de oro, ni los del balón de bejuco, ni los danzantes del fogón. Todos quedaron tragándose el miedo, tragándose el respeto.

Los colibríes abrían paso como luciérnagas sagradas. Sus alas encendían la maleza, mostrando salida entre sombras. El aire olía a guayaba madura y a lluvia fresca. El mundo entero se volvió ceremonia.

Y cuando por fin cruzaron los límites de la aldea, los colibríes se elevaron alto, muy alto, perdiéndose entre las nubes, dejando atrás el eco de su canto.

—Gracias —dijo Yuisa, y Alonso se le acercó por la espalda.

—Vinieron por ti —susurró Alonso.

Yuisa se volteó, miró a Alonso, los ojos aún brillando como si hubieran visto la verdad misma.

Y entendió.

No escaparon por su fuerza. Ni por sus brazaletes. Ni por la suerte. Escaparon porque así los dioses lo quisieron.

MONTE ALTO

—ESTAMOS PERDIDOS —DIJO NATAY, con la voz apagada como una vela que se resiste al viento.

El camino del Monte Alto se volvió un laberinto de sombras, neblina y susurros, pero los colibríes volaban alto, suspendidos entre hojas y luna, como si Yaya misma los guiara con hilos de luz. El aire olía a tierra húmeda y a miedo viejo.

Yuisa caminaba al frente, su bolsito de bejucos en la cintura, y al mirar atrás, vio las dos caras culpables que ya conocía demasiado bien.

Enay tropezaba cada tres pasos, y Jomar iba cargando una cesta con hierbas y hojas, con los ojos bajos.

Yuisa se detuvo en seco.

—¿Y ustedes por qué juriquillos se fueron por ahí? —preguntó Yuisa, con el ceño fruncido y la voz entre enojo y alivio, y antes de que pudieran contestar, revolvió el pelo de Enay con la mano.

—¡Ey! —protestó Enay, tratando de apartarla, riendo nervioso.

Luego Yuisa empujó a Jomar suavemente por el hombro.

—Y tú, ¿qué hacías siguiendo a este sin permiso? —preguntó Yuisa a Jomar mientras tragaba saliva.

—Yo... yo solo quería ayudar —dijo Jomar con voz baja—. Escuchamos que Natay estaba viva y la fuimos a buscar —contestó temblando.

Yuisa lo miró con dureza. —¿A buscarla? ¿En medio de la oscuridad? ¿Sin decir nada?

Enay dio un paso al frente. —Fue idea mía —admitió, apretando los puños—. No podía quedarme sentao' como iguana en un palo sabiendo que ella seguía allá afuera.

Yuisa suspiró, pasándose la mano por la frente. —A veces creo que tienes más del Gran Maní que todos nosotros juntos, pero menos juicio.

Enay sonrió con un dejo de orgullo, y aunque Yuisa intentó mantenerse seria, la comisura de sus labios tembló.

—Todos estamos vivos, ¿no? —dijo Enay, alzando los hombros.

—Gracias a los dioses del Cielo de Yaya —dijo Alonso desde atrás, su voz grave cortando el silencio.

Yuisa lo miró y asintió. —Me robaste las palabras de la boca.

Por un instante se quedaron mirándose, y el aire entre ambos se llenó de algo que ni los truenos ni la guerra podían romper: la certeza de que seguían de pie.

Entonces Yuisa volvió la vista hacia Natay, que venía unos pasos detrás, cansada y cubierta de tierra. Su voz cambió, volviéndose más suave. —Natay, dime la verdad. ¿Solo tú e Itiba escaparon con vida? ¿Qué pasó con los demás?

La pequeña bajó la cabeza. Sus ojitos brillaban con lágrimas que la luna recogía como espejitos de agua.

—No, Yuisa —dijo Natay bajito, como brisa que teme romper la noche—. No fuimos solo nosotras. Todos peleaban, todos. Vi a la Gran Abuela —la voz se le quebró. —Luysa está malita. Se cayó, sí, pero no dejó de pelear.

Yuisa se detuvo en seco. El corazón, que parecía amarrado con soga, se le aflojó un poquito.

—¿Está viva? —preguntó Yuisa.

Natay asintió con lentitud. —Sí, aunque mal —respondió, su voz tembló—. Vi cuando un guerrero le dio una patada en la cara. Cayó al suelo, botando sangre por la boca. Pero se levantó como jaguar enfurecida. Gritó con toda la garganta. «¡Por nuestra gente!»

Yuisa se rió, con lágrimas bajándole por las mejillas.

—Y yo la vi, Yuisa, yo la vi —continuó Natay. —Cogió un hacha de filo de oro que estaba tirada y se la clavó en el pecho al guerrero.

Yuisa no podía ni hablar.

El orgullo le dolía, le ardía, le quemaba los ojos.

Era su abuela.

La mataisleños.

La raíz viva de todo lo que ella era. El Monte Alto se quedó callado.

Solo el eco de las palabras de Natay vibraba entre yagrumos y helechos.

—¿Y después? —preguntó Alonso.

Natay apretó los puñitos, temblando.

—Después, nos capturaron a todos. Gracias al que llaman Worayo. Yo me escondí bajo una palma caída, entre raíces y barro, y por eso no me vieron al principio. Pero todos los demás fueron llevados —dijo Natay.

Yuisa tragó aire, temblando de furia contenida. —¿A dónde?

—No sé —contestó Natay—. Pero escuché el nombre de Guabancex. Dijeron que... que el sacrificio debía hacerse para calmarla. Pero tú —levantó la vista con miedo y asombro— tú te metiste entre ellos, Yuisa. Eso fue contra los dioses.

Yuisa la miró fijamente, los ojos brillando como ascuas.

—¿Y qué debía hacer? ¿Dejarlos que te cortaran la garganta? ¿Ofrecerte al viento como si fueras un pedazo de barro?

—Pero Guabancex —susurró Natay. —Ella es la furia misma. Nos castiga cuando el orden se rompe. Y ahora el orden se rompió.

Yuisa bajó la mirada, respirando hondo, sintiendo el peso de lo que había hecho.

—Tal vez los dioses no quieren solo obediencia; quizá algunos de ellos ya están cansados de tanto miedo —dijo Yuisa.

Natay la miró confundida. —¿Yaya se enoja si uno desobedece?

Yuisa negó con la cabeza. —Yaya nos da libre albedrío. Nos dio alma, vida, y esos colibríes —dijo Yuisa, mirando hacia el cielo donde zumbaban las luces diminutas. —Ellos no vinieron a maldecirnos. Vinieron a guiarnos. A recordarnos que no todo lo divino castiga, algunos salvan.

Natay se secó las lágrimas con el dorso de la mano. —Entonces, ¿los dioses están peleando entre ellos?

Yuisa suspiró, y por primera vez su voz sonó cansada, no por el cuerpo, sino por el alma.

—No lo sé, Natay —contestó Yuisa. —Pero si lo están, entonces no seremos las únicas luchando por lo que amamos.

Los colibríes bajaron un poco más, girando sobre ellas como un remolino dorado. El aire se llenó de zumbidos y destellos, y por un instante, el Monte Alto pareció encenderse con su luz.

Natay sonrió, apretando la mano de Yuisa. —Si mi madre sigue viva, si tú sigues aquí, todavía hay esperanza, ¿verdad?

Yuisa asintió, sin soltarle la mano. —Sí, mi aldeanita. Todavía hay esperanza.

Alonso se acercó, poniéndole una mano en el hombro a ambas. —Y si Luysa gritó «¡Por nuestra gente!», entonces no nos toca rendirnos ahora ni nunca.

Como si hubieran escuchado el juramento, los colibríes volaron más rápido, más cerca, danzando en espiral sobre ellos. Pero pronto, al llegar a un claro, los colibríes se elevaron de golpe. Subieron al cielo en un remolino, se alzaron en espiral y desaparecieron, dejando atrás apenas el eco de su aleteo.

Monte Alto quedó oscuro otra vez y entonces, una neblina espesa comenzó a deslizarse entre los troncos, subiendo desde la tierra húmeda como si el bosque exhalara un secreto antiguo.

Cada vez que la neblina los alcanzaba, parecía que el mundo

decidía olvidarles por un rato, como si el tiempo mismo contuviera el aliento. El murmullo de la brisa se volvió lento, denso, casi humano, masticando sonidos que no se atrevían a salir del todo. Las hojas crujían, pero no por el viento, sino por algo que se movía despacio, invisible.

Yuisa se detuvo. El pecho se le apretó como si la misma neblina se le hubiera metido dentro.

—No —susurró Yuisa, mirando hacia la nada, hacia el monte que parecía tener ojos. —Solo quiero, aunque sea, un momento de tranquilidad.

Pero la neblina siguió avanzando, envolviéndolos.

Era blanca, pero dentro de su blancura había sombras.

Sombras que respiraban.

Alonso, al verla rígida, la rozó en el brazo y la empujó un poquito a un lado, cuidándola sin que pareciera cuidado.

—¿Y ahora, Yui? —murmuró Alonso, mirando el cielo vacío donde segundos antes danzaban las alas de luz.

Ella respiró hondo.

Y aunque las palabras le temblaban como hoja en viento, las soltó con ternura que hasta el Monte Alto escuchó.

—Ahora, por lo menos estamos juntos. Y si estamos juntos, podemos enfocarnos en volver al Islote. Eso es lo único que importa —contestó Yuisa.

Y el monte, como si aprobara, dejó caer una brisita fresca entre ellos, llevándose un poquito del cansancio, dejando el olor de guayaba y tierra mojada, recordándoles que todavía había camino, todavía había vida, todavía había esperanza.

Alonso la miró con esa calma suya, calma que desarma, calma que apaga hasta la rabia más honda. Traía en los labios una sonrisa leve, sonrisa de río manso. Se inclinó apenas, con la frente rozando casi la de Yuisa, y susurró bajito, como quien confiesa a la brisa.

—Contigo, lo único que importa es que nunca me sueltes —dijo Alonso.

Yuisa sintió el calor subírsele por la cara, como sol de mediodía trepando hasta las mejillas.

No respondió con palabras. No hizo falta.

Su mano buscó la de él, y los dedos se entrelazaron como raíces de ceiba vieja, como si siempre hubieran nacido juntos bajo la misma tierra.

—¡Ay, Yaya, qué cosa más cursi! —bufó Enay, con los brazos cruzados y cara de asco fingido.

—De veras, mejor vámonos pa' que no nos empachen con tanto cariño ni con tanto dulce junto —añadió Jomar, tapándose los ojos con exageración.

Yuisa soltó una risita nerviosa, apartando la mirada, pero Alonso solo se rió bajito, disfrutando de la incomodidad de los nenes.

Natay, en cambio, no se burló. Se quedó mirando fijo, seria, casi soñadora.

—Pues yo —dijo Natay despacio, como si las palabras le costaran. —Yo sí quisiera eso algún día. Que alguien me mire así, como si yo fuera lo único en todo este monte lleno de neblina.

El silencio se quedó flotando, pesado pero dulce, como brisa cargada de flores de maga mientras Enay y Jomar se miraban.

Como si el amor también tuviera espacio entre tanta neblina.

—Bienvenidos —dijo una voz suave.

El sonido rebotó entre los árboles y Jomar pegó un brinco y gritó, llevándose la mano al pecho.

—Ni yo grito así —dijo Natay.

Enay, con media risa, se rascó la oreja derecha. —Por poco me quedo sordo.

Al frente, una niña emergió del monte, descalza, el cabello pegado por la bruma y los ojos brillando con una calma que no pertenecía a su edad. Su falda amplia rozaba el suelo, su blusa blanca bordada se inflaba con la brisa. El cabello, trenzado con cintas de colores, caía por la espalda como río oscuro. Los pies descalzos parecían flotar sobre la tierra mojada. Sonrió tímida, levantando la mano en saludo.

—Yo los estaba esperando. Como fue profetizado por el Tío Xolani —dijo la nena.

Yuisa tragó saliva, sin encontrar palabra. Pero del otro lado del sendero surgió un niño. Pantalón de manta, camisa arremangada, el sombrerito de paja colgado en la espalda. Los ojitos brillaban traviesos, y en las manos traía una maraca pequeña que sonaba con cada paso, *chac, chac, chac.*

—No tengan miedo —dijo el nene. —El monte nos enseñó que ustedes vendrían.

—¿No era el tío? —preguntó Enay mientras Alonso le daba un codazo, y los dos niños se miraron entre sí, compartiendo un secreto viejo como el mar. Y extendieron sus manitas hacia Yuisa y Alonso.

—El Tío Xolani lo vio en el humo del fogón —añadió la niña.

—Dijo que una mujer marcada por colibríes cruzaría el Monte Alto.

—Sígannos —dijeron los niños al mismo tiempo.

El grupo caminó tras ellos como si estuvieran respondiendo a un llamado.

El sendero se volvió más cuesta arriba, la tierra húmeda, el aire más fresco, más puro. Subieron, subieron, hasta que el monte se abrió en lo alto y la neblina se fue.

En Monte Alto, donde las nubes parecían quedarse a dormir, se alzaba un flamboyán en el centro de la cima. No rojo como fuego, no. Sus flores eran rosadas como aurora temprana. Caían lento, lento, como copos de luz, cubriendo el suelo mojado. Las ramas se extendían como brazos de madre, abrazando al mundo entero. Y bajo su sombra, como joya escondida, había una casita de piedra y palma, con humo blanco subiendo del fogón.

—¿Quiénes son ellos? —preguntó Natay. Miró cómo en la puerta los esperaba una pareja.

El hombre, de piel clara y mirada extraña, vestía ropas gastadas de forastero. La mujer, de cabellos largos y ojos profundos, con collares de semillas y brazaletes de hueso. Su piel brillaba como si el sol la hubiera besado toda la vida.

La niña corrió hacia Yuisa; el niño, hacia Alonso.

—Nuestros padres —dijeron al unísono, antes de soltar sus

manos.

Yuisa sintió que el aire se le detenía en el pecho. Allí, bajo el flamboyán rosado, vivían juntos el mundo taíno y el forastero, tejidos en un mismo hogar, como si el tiempo hubiera cedido y el Monte Alto mismo los guardara.

—¿Y ustedes? —soltó Enay, con su descaro de siempre, no pudo callar. —¿Viven aquí arriba? ¿Solitos, con las nubes?

El niño soltó una risa clara y levantó la maraca que tintineó *chac, chac, chac.*

—No solitos. Aquí vivimos con el monte. Él nos cuida, y nosotros lo cuidamos —dijo el nene.

—¿Y no les da miedo? —murmuró Jomar, todavía con los ojos redondos por tanta maravilla.

La nena le tomó la mano con dulzura de río manso. —El miedo no entra donde las flores protegen. El flamboyán es casa y guardián.

Los padres se quedaron mirando en silencio, firmes como piedras viejas. Fue el hombre quien habló primero, con voz pausada, clara, pero con acento extraño.

—Bienvenidos. Son caminantes cansados. Aquí hay comida, sombra y palabra —dijo el padre.

La mujer asintió, con ojos profundos como cuevas de la isla. —Los colibríes no traen gente sin razón. Si están aquí, es porque Yaya así lo quiere.

Enay y Jomar se miraron, sin entender mucho, pero en cuanto escucharon la palabra comida, sus estómagos rugieron más fuerte que ellos.

—¡Juriquillos, yo sí que tengo hambre! —dijo Enay, rascándose la barriga.

—Yo también, pero ¿qué nos van a dar? —añadió Jomar, con los ojos encendidos de esperanza mirando a todos lados.

Y entonces, de detrás de la casita salió un hombre robusto, piel oscura como caoba mojada, brazos de ceiba fuerte, sonrisa amplia como mar abierto. Llevaba solo un delantal y en las manos una bandeja humeante.

—Aquí está el Tío Xolani, siempre con la panza llena y el coso de barro encendido —dijo el padre forastero.

El Tío Xolani levantó la tapa del recipiente, y una nube de humo perfumado se escapó al aire fresco del monte.

Dentro, había masas doradas y crujientes, burbujeadas por el aceite de palma de coco y con un aroma salado que recordaba al mar.

Otras, más oscuras, desprendían el olor profundo de la raíz molida y frita hasta quedar tierna por dentro y crocante por fuera; y al centro, unas pequeñas rueditas dulzonas brillaban con un toque de miel y coco, como si guardaran la luz del sol en su interior.

—Siéntense, muchachos —tronó el Tío Xolani con su voz, profunda y musical, que parecían tambores viejos—. Que la barriga vacía no aguanta consejo. Cojan frituras.

Los nenes corrieron primero.

Enay y Jomar agarraron cada uno una fritura y soplaron fuerte, *fuuuu, fuuu*, como si fueran fueguitos en las manos.

—¡Ay, esto quema pero sabe rico! —gritó Enay, con la boca llena.

—Esto, esto es mejor que las quenepas de Luysa —añadió Jomar, provocando carcajadas que rodaron como piedras cuesta abajo.

Yuisa y Alonso también aceptaron, sentándose bajo el flamboyán mientras olían las frituras del Tío Xolani.

Las flores rosadas del flamboyán caían sobre ellos como bendiciones suaves, y el olor del aceite mezclado con la humedad del Monte Alto los envolvía como abrazo de madre vieja.

Por primera vez en mucho tiempo, la risa le ganó la batalla al miedo. Allí, en lo alto de Monte Alto, entre lo taíno, lo forastero y lo del Tío Xolani, compartieron pan, fritura y palabra como si fueran una familia de siempre.

Las risas se confundían con el crujir de las frituras, *crac, crac, crac*, y el aceite de palma aún chisporroteaba en la bandeja del Tío Xolani, música de fogón que se mezclaba con la brisa fresca. El flamboyán, testigo rosado, dejaba caer sus flores una tras otra sobre la mesa improvisada, como si el árbol mismo los estuviera bendiciendo.

Yuisa, con las manos todavía calientes de sostener una de las frituras, miró a Alonso. Él, sonriente, compartía una fritura con Jomar, mientras Enay pedía ya su tercera. Y Natay, calladita, observaba en silencio, pero con una chispa nueva en los ojos, un alivio que no había sentido en días.

Yuisa pensó en qué buena vida había en Monte Alto.

El Tío Xolani, sentado en su banquito de tronco, los miraba comer. Sonrisa ancha tenía, sonrisa que parecía río abierto. Pero en sus ojos, en sus ojos brillaba una historia más vieja que él mismo.

—¿De dónde eres? —preguntó Natay, mirando al Tío Xolani en los ojos oscuros como la misma noche.

Enay, al lado de ella, la miró mal. —Yo quería preguntarle eso.

El Tío Xolani pasó un paño por su frente, respiró hondo y se preparó para hablar. Los niños dejaron de morder por un segundo. Yuisa enderezó la espalda, Alonso inclinó la cabeza, atentos como pitirres al vuelo.

El Tío levantó una de las frituras como si fuera ofrenda y empezó.

—Yo vengo de muy lejos, de otra orilla. Mis cadenas me trajeron hasta aquí, y mi pueblo se me quedó atrás. Corrí al monte, y fue el monte quien me escondió bajo sus ramas, bajo su silencio verde —dijo el Tío Xolani, mientras el padre forastero asintió despacio; miró la tierra como si reconociera su reflejo. Entonces, el Tío lo señaló con la barbilla. —Él también corrió. No de cadenas como yo, pero sí de los mismos hombres que lo perseguían. Sus armas lo rechazaban porque su corazón no se vendía. Dejó atrás su barco y su tierra, y el monte lo recibió.

Entonces miró a la madre isleña, que acariciaba las trenzas de su hija con ternura de río manso.

—Y ella, ella huyó de las guerras de los que se llamaban caciques, del filo de flechas que se clavaban hasta en los sueños. Caminó sola, con las manos vacías, hasta que el monte la abrazó.

El Tío Xolani bajó la voz, como quien cuenta un secreto a las raíces. —Aquí nos encontramos, los tres. Perdidos, distintos, pero con hambre igual, con miedo igual. Y el Monte Alto nos unió. Y los dioses nos miraron. Los míos, de tambores y mares lejanos. Los suyos, de ceiba, río y yuca. Los del forastero, que todavía le susurraban desde estrellas lejanas.

Alzó la fritura de nuevo, solemne, con ojos de curandero mayor.

—Desde entonces nos guardan. Porque juntos somos mezcla perfecta: el isleño, el de mi tierra, y el forastero. Tres sangres, tres espíritus, un solo hogar.

El flamboyán crujió con el viento, *crac-crac*, dejando caer una lluvia de flores rosadas sobre la mesa.

Nadie habló. Nadie respiró fuerte.

Era como si los dioses hubieran asentido desde lo alto.

Entonces Enay, con la boca llena, rompió el silencio. —Pues yo digo que, si esta mezcla siempre trae comida así de rica, ¡que viva la mezcla!

Las carcajadas rodaron como trueno bajando del monte.

Jomar, limpiándose las manos en la camisa, murmuró bajito. —Entonces, aquí sí estamos a salvo.

La mujer isleña le acarició la mejilla, con voz firme y dulce. —Aquí están a salvo. Mientras el flamboyán florezca, los dioses no los soltarán.

Yuisa bajó la vista al plato, pero en su pecho algo latía distinto.

Una semilla viva, un recuerdo de la Gran Abuela Luysa, del Gran Maní. Sintió que aquella mezcla de la que hablaba el Tío

Xolani no era solo historia, quizás era también su propio destino.

Junto a él.

Alonso.

El Tío Xolani, con los ojos oscuros brillando a la luz del fogón, la miró fijo. Su voz retumbó como tambor de agua. —Pero yo sé que no se quedarán aquí. Todo tiene su historia, toda su verdad, pero solo quien busca...

Yuisa levantó la cabeza.

Y con un temblor en la voz, completó la oración como si viniera de su sangre. —La puede encontrar.

El silencio cayó de nuevo, pesado, sagrado. Hasta que Enay, inquieto como siempre, adelantó la boca manchada de aceite.

—Pero ¿tú conoces a la Gran Abuela Luysa? —preguntó Enay.

—Los dioses nos hablan a todos, mi querido aldeano —dijo el Tío Xolani mientras pausó, mirando a Alonso. —Quizás mi gente le ganó a tu gente, forastero. Pero ahora unidos tienen que estar, aldeanos e isleños. Solo juntos podrán vencer lo que viene. Vayan a la capital de Isla Grande. Allí, bajo la Gran Ceiba, hallarán lo que buscan. Allí está la raíz de todo.

El flamboyán crujió otra vez, *crac-crac*, y soltó lluvia de flores rosadas que se posaron en los hombros de cada uno como presagio, como profecía.

La noche en Monte Alto no fue cualquier noche: fue una noche pesada y sagrada, con el flamboyán rosado dormido, pero todavía florecido, sus flores abiertas como ojos que no se atreven a cerrar. El aire fresco bajaba del cielo como suspiro de Yaya, acariciando la piel y entrando en los huesos.

Yuisa se acostó en la hamaca de fibras, cansada como río después de tormenta. Su cuerpo estaba rendido por la jornada, pero el corazón, el corazón le latía apretado, como si cargara en su pecho la memoria de todo lo vivido.

El sueño ya la iba arropando cuando un *fla-fla-fla* de alas le rozó la cara. Algo tibio, suave, oscuro, se posó sobre su pecho. Abrió los ojos apenas un segundo, lo justo pa' ver la silueta de un murciélago grande, inmenso, con ojos que parecían brasas, mirándola fijo como quien guarda un secreto. Antes de que pudiera moverse, ¡zas!, el mundo se volcó.

Cayó en un sueño profundo, profundo como cueva sin salida.

Allí estaba. La neblina espesa, húmeda, olorosa a tierra mojada, a humo de fogón apagado. Y en medio, dos figuras que no eran de carne nada más.

—¿Abuela? —suspiro Yuisa al verla, la Gran Abuela Luysa,

erguida con su bastón de ceiba en la mano; y a su lado, el Gran Maní, su hijo, hombre de rostro fuerte, de piel curtida como cuero viejo, ojos de brasa bajo cejas espesas.

La voz de Luysa temblaba entre cariño y urgencia, como río que acaricia y arrastra. Su rostro con una mancha purpura, sanando.

—Maní, mi querido hijo, es tiempo de que ella sepa la verdad.

El Gran Maní frunció el ceño, apretó la quijada dura como piedra.

—¿Verdad? ¿Qué verdad? —preguntó Yuisa a la nada.

—No —contestó el Gran Maní.

Yuisa, confundida, dio un paso hacia ellos. Pero el suelo no era suelo. Se sentía líquido, un río de sombras que temblaba bajo sus pies descalzos.

—¿Qué secreto? ¿De qué hablan? —preguntó Yuisa, y la voz le salió rota, quebrada como calabazo partido.

El aire cambió de golpe.

Fuuuu. Desde la bruma surgieron guerreros con antifaces de hueso. Sus cuerpos pintados de rojo se movían como manada de sombras hambrientas.

Se lanzaron sobre el Gran Maní, lo agarraron de los brazos y lo arrastraron hacia la negrura. Él rugió como jaguar acorralado, pateó, forcejeó, pero las sombras eran muchas, demasiadas.

—¡Papá! —gritó Yuisa, pero nadie la escuchó.

—¡No uses eso! —bramó Maní, su voz quebrando la neblina—. ¡No le digas nada, aún no!

Y entre rugido y jalón, lo tragó la oscuridad.

Yuisa extendió la mano, queriendo alcanzarlo, pero lo único que agarró fue vacío.

Vacío frío, vacío eterno.

Antes de que todo se disolviera, Luysa giró lentamente hacia ella. Sus ojos viejos, cansados pero sabios, se posaron sobre los de su nieta como dos faroles encendidos en la tormenta.

—Abuela, ¿me puedes ver? —preguntó Yuisa, mirando los ojos de Luysa.

Quizás la vio.

Quizás entendió que Yuisa ya había oído más de lo que debía escuchar.

Pero con su bastón de ceiba golpeó el suelo y el sueño se quebró como jícaro en piedra.

Yuisa despertó de golpe, sudor bañándole la frente y la espalda. El corazón le retumbaba como macana contra piedra, *pum-pum*, *pum-pum*, sin detenerse. El murciélago ya no estaba, pero el eco de las palabras seguía allí, colgando en la oscuridad como cuerda floja, como secreto a punto de desbordarse.

—¿De cuál verdad estaban hablando? —suspiró Yuisa.

CAMINO BAJO

—¡EL MIO REBOTÓ MÁS! —gritó Enay, tirando una piedra al agua.

El sendero desde Monte Alto hasta la Gran Ceiba, a donde los envió el Tío Xolani, no era camino sencillo.

No, para nada.

En realidad era angosto, húmedo, lleno de sombras que parecían tener vida propia. Las ramas se rozaban como voces chismosas, y el suelo mojado crujía bajo los pies como si el mismo Monte Alto susurrara secretos.

Yuisa caminaba atenta, con el corazón apurado, mientras Alonso cargaba el cansancio en los hombros, con pasos pesados como de río lento. Enay, Jomar y Natay, como siempre, corrían adelante, revoltosos, locos por meterse en el agua del río que encontraron en el camino.

Plin, plin, plin.

—¡Mentira, el mío hizo cuatro! —replicó Jomar, y las piedritas saltaron.

Natay los salpicaba con agua, su risa clara como cascada recién nacida.

Alonso suspiró, pasando la mano por la frente. —Voy a descansar bajo aquel árbol. No me adapto, no, a volver a salir solo de noche —dijo, bajando con pesadez, como si cada palabra pesara lo mismo que la luna.

Alonso vio a Yuisa caminar hasta perderse en la espesura del monte. Sombra tragada por sombra.

Alonso suspiró hondo, largo como río cansado, y se dejó caer bajo un árbol, y sin querer, sin permiso, el sueño lo venció.

Y el sueño vino rápido.

Allí estaba, de pie en medio de una Plaza extraña que no era la del Islote.

El aire era pesado, cargado, lleno de memorias que parecían palpitar.

Y frente a él, envuelta en un resplandor rojizo como brasa viva, apareció ella.

—Gran Abuela Luysa —balbuceó Alonso mientras la miró.

Su cabello se movía como humo, sus ojos ardían como brasas de monte antiguo. Luysa arqueó las cejas, y su voz retumbó como tambor viejo, firme y tierna al mismo tiempo.

—Mi forastero favorito —dijo Luysa.

Alonso se agarró la cabeza, perdido, confundido.

—¿Cómo es posible? ¿Esto es un sueño? —preguntó Alonso y pausó—. Pérate, ¿soy tu favorito?

Ella levantó el bastón de ceiba, y el suelo mismo pareció

estremecerse.

—Sueño o no, escucha. No tenemos mucho tiempo. Todo se conecta, como raíces de ceiba debajo de la tierra. Tú también eres parte de ese tejido.

—¿Qué es lo que tengo que entender? —preguntó Alonso.

Entonces Luysa miró arriba, y el aire mismo se partió en visiones. Luysa, dormida, con la mano sobre el bastón de ceiba en la Plaza. Yuisa arrodillándose al lado de un árbol. Enay, Jomar y Natay corriendo entre sombras. El fuego de la Gran Ceiba iluminando rostros en guerra.

Y en medio de todo, la voz de Luysa, que sonaba como tambor sagrado bajo la noche. —Desde el comienzo, eran dos. Pero la semilla de ceiba, de una de esas dos, será el futuro de Yaya. Un lazo entre dos podrá unir los antros otra vez. Pero el sacrificio más grande lo hará quien cruce a un mundo que no le pertenece. Porque pa' ganar el gran piélago, tendrán que mirarse en su semblanza otra vez.

¡Tum-tum!

Así sonaban las palabras en el pecho de Alonso, tatuándose como fuego. Quiso preguntar, quiso rogarle por más respuestas. Pero el resplandor de la Gran Abuela se deshacía ya, tragado por la misma oscuridad que lo había traído.

—Yuisa es la semilla —dijo Luysa, su voz un eco lejano.

—¡Espera! —gritó Alonso, extendiendo la mano.

Y de golpe, abrió los ojos.

Jadeando, bañado en sudor. El árbol en el que se acostó

vibrando, como si también hubiera escuchado la profecía.

Miró a su alrededor.

Estaba solo.

—Yui —suspiró, pero ella no estaba. Solo la noche. Solo el eco ardiente de aquellas palabras que ya no podía olvidar. —La semilla de la profecía.

Yuisa, detrás de otro tronco, se arreglaba el pelo en una trenza con los ojos cerrados, pensando en su familia, escuchando la algarabía de los aldeanitos a la distancia como música del monte.

Pero cuando terminó de hacerse la trenza, abrió los ojos y todo quedó en silencio.

Silencio seco, silencio sospechoso.

Y allí, en la distancia, lo vio.

Movimientos en la sombra.

Una flecha encendida cortando el aire, *fuuuuu*. Guerreros isleños, con antifaces de hueso y brazos duros como raíces de ceiba, habían atrapado a Enay, Jomar y Natay. Los tres aldeanitos forcejeaban, pero eran sogas contra cuerpos chiquitos, y los hombres los levantaron como si fueran hojas secas.

Yuisa dio un paso atrás. El monte respiraba, y entre las sombras, algo se movió con precisión humana.

No era animal.

No era viento.

Era una presencia que sabía cuándo moverse y cuándo callar.

Yuisa ahogó un grito, pero una mano fuerte, dura como piedra de río, cubrió su boca.

—¿Quién eres? —murmuró Yuisa. Giró la cabeza, y lo vio.

No era aldeano, no era isleño.

Era un hombre cubierto de pies a cabeza, con ropa rara, camisa extraña y pantalones que parecían venidos de otro mundo. No sabía si bajo esas telas había carne o sombra. Pero sus ojos intensos, familiares, tan claros que la hicieron pensar en Alonso, aunque endurecidos, aunque distintos.

El extraño no dijo ni una palabra.

Con movimientos calculados, la empujó hacia atrás, hacia la espesura. El monte los tragó con su oscuridad húmeda.

Tum-tum, tum-tum. El corazón de Yuisa golpeaba como si quisiera escaparse de su pecho.

—Se los llevaron —susurró Yuisa—. Eran solo unos aldeanitos. ¿Qué les harán? Tengo que ir a buscarlos.

El joven levantó la mano, blanca como la luna. Despacio, despacio, como quien calma a un animal herido.

—Tranquila —dijo él, con voz grave, serena, voz que parecía venir de cueva profunda—. Van a seguir con vida. Llevo horas observándolos.

Yuisa retrocedió un paso, con desconfianza clavada en la frente.

—¿Observándonos? ¿Por qué? —preguntó Yuisa.

El extraño se agachó, recogió ramas secas, las frotó.

Chic-chic. Una chispa nació como si lo reconociera, y de inmediato la fogata prendió, viva, obediente. La luz del fuego iluminó su rostro.

Los ojos claros, intensos, familiares y ajenos al mismo tiempo.

—Porque sabía que los isleños vendrían —continuó él, sin apartar la vista de las llamas—. Y porque lo único que quieren es llevarlos a la Gran Ceiba. Allí, delante del Máximo Turey.

Ese nombre cayó pesado, como trueno que no descarga. Yuisa sintió el frío treparle por la espalda, como si el mismo Monte Alto hubiese escuchado.

Ella lo miró raro, con miedo y sospecha mezclados.

—No debo confiar en ti. Eres forastero. Ni sé quién eres —dijo Yuisa.

El hombre sonrió, casi con ironía, y habló. —Tengo los peores modales. Perdón, me llamo Gustín, mucho gusto.

Yuisa frunció el ceño. No le creyó del todo. Gustín la observó en silencio, hasta que sus pupilas ardieron con reflejo del fuego.

—¿Nunca te has preguntado? —se inclinó Gustín hacia ella, y el resplandor de las llamas parecía meterse en su voz—. ¿Y si he vivido todo este tiempo, en el lugar equivocado?

Yuisa entrecerró los ojos, como gata lista pa' saltar. —¿Equivocado? ¿Cómo que equivocado? Si eres uno de ellos. ¿Cómo pudiste dejar a los forasteros?

—Porque nunca fui uno de ellos, no del todo —murmuró

Gustín, con voz de viento cansado—. Caminaba entre ellos, comía con ellos, pero siempre me sentí como intruso en mi propia piel.

Yuisa lo miró fijo, bajando apenas la guardia, como quien tantea al río antes de cruzarlo.

—¿Y entonces? —preguntó Yuisa, bajito—. ¿Por qué apartarte?

Él clavó los ojos en las llamas, buscando allí respuestas que no caben en palabras.

—Porque en sus ojos, en los ojos de mi padre, solo vi ambición, nunca raíz. Los forasteros arrasan todo lo que encuentran a nombre de su único dios, y a eso llaman destino. Pero yo... —calló Gustín, pesando cada sílaba como piedra en la palma. —Yo siempre tuve mis dudas. Siempre me pregunté si era mi sangre la equivocada o si lo era el mundo que me rodeaba.

Yuisa sintió el escalofrío recorrerle la espalda como culebra invisible. —Hablas como alguien que perdió su hogar —dijo Yuisa.

Yuisa pensó en su Plaza.

Gustín levantó la cabeza, los ojos encendidos como brasas. —O como alguien que nunca lo tuvo. ¿Y si lo que busco no está en barcos ni en armas, sino en los montes que ustedes protegen con su vida? ¿Y si fui, todo este tiempo, un forastero entre forasteros?

El silencio se quedó flotando como neblina.

Yuisa no supo qué decir. En su rostro ya no veía amenaza, sino un reflejo torcido de su propia confusión.

—Si te soy sincero, lo único que he querido, lo único que he amado, quizás no me quiera ni ame de vuelta —dijo Gustín, jugando con las uñas sucias de sus dedos.

Yuisa bajó la mirada, sintiendo un nudo en la garganta. Pensó en Alonso, en su sonrisa cansada, en su voz que siempre encontraba esperanza hasta en la oscuridad. Si así se sentía él.

Yuisa respiró hondo, tratando de ordenar lo que sentía.

—A veces pienso que me debilita —dijo Gustín, con una calma que apenas escondía su temblor—. Porque cuando está cerca, olvido cómo actuar, cómo esconder el miedo. Todo se me desarma.

El silencio se espesó, roto solo por el crujir de las brasas. Pero luego Yuisa alzó la mirada, los ojos brillando con una mezcla de tristeza y fuego.

—El amor por alguien no debería debilitarte —dijo Yuisa, alzando la mirada, con los ojos brillando de tristeza y fuego.— Siento que a mí me fortalece. Porque me enseña a no temerle a sentir, a no dejar de pelear, a dejar de tener miedo. Porque si puedo, si podemos en medio de todo esto, vale todo.

Gustín asintió despacio, comprendiendo más de lo que dijo.

Por su parte, Yuisa miraba la oscuridad entre los árboles. Pensó que tal vez el amor no la hacía débil ni fuerte.

Solo la volvía *real*.

Y fue entonces que algo derribó a Gustín al suelo, duro, seco.

¡Paf!

—¿Quién demonios eres? —gruñó Alonso, con los puños cayendo como macanas.

Gustín escupió sangre.

—¡Alonso! ¡No! —gritó Yuisa, pero Alonso no la escuchó.

Gustín levantó la mirada, y con voz rota respondió. —Soy

Gustín, hijo de Bastián.

Ese nombre. Bastián.

Le hirió a Alonso más que cualquier golpe. Una palabra que cayó como un rayo en ceiba, haciendo ruidos en el aire.

—¡Mentira! —rugió Alonso, sacando la fiera que llevaba dentro.

Se abalanzó sobre él y ambos rodaron por la tierra, puños contra puños, rabia contra rabia, como dos ríos chocando en plena crecida.

—¿Quién es Bastián? —clamó Yuisa, tratando de separarlos, pero la furia era más fuerte que sus manos. —¡Basta! —tronó ella, y no era su voz. Era la voz del monte, del agua, del viento mismo y el silencio duró apenas un suspiro, porque enseguida se oyó el silbido.

Los brazaletes de Yuisa brillaron. Azul, profundo, vivo. Un resplandor que vibraba como trueno contenido. Alonso y Gustín se quedaron ciegos, congelados por esa luz.

—Yo soy el hijo de Bastián —dijo Alonso, recobrando su respiración.

Gustín lo miró de arriba abajo. —¿Tú? ¿Tú eres Alonso?

Alonso lo miró directamente a los ojos. ¿Cómo sabía su nombre? El nombre de quien ante los ojos de su padre hubiera estado muerto.

—¡Ahí! —gritó un isleño entre la maleza.

Las flechas comenzaron a silbar.

«Fiuu»

Yuisa levantó los brazos; los brazaletes chispearon y desviaron algunas de las flechas, dejando rastros dorados en el aire. Alonso, con la macana que encontró, golpeaba los proyectiles en pleno vuelo como si el instinto ancestral lo guiara.

Gustín, con un gesto desesperado, arrancó una rama del suelo y la encendió: el fuego lo reconoció enseguida, danzando sobre su brazo sin quemarlo, como si fuera su aliado desde otro tiempo.

Entonces el cielo se partió en dos.

Una figura descendió como relámpago.

El antifaz naranja brilló entre el humo.

Era ella.

—La Guerrera Anaranjada —dijo Gustín.

Su machete giró en el aire y cortó en dos la lanza que iba directa al pecho de Gustín. La hoja ardió brevemente al contacto con el aire, dejando una estela anaranjada.

—¡Atrás! —rugió la Guerrera Anaranjada, con voz de trueno y eco de mar profundo. Su ceja cortada.

Los guerreros isleños se detuvieron, dudando, confundidos, como si la misma Gran Ceiba los hubiese reprendido.

Yuisa sintió que la tierra vibraba bajo sus pies. Aprovechando ese instante, Alonso la tomó del brazo y la empujó hacia el bosque.

Corrieron.

Ramas, hojas, sombras, gritos. Bajar el monte era como estar en un laberinto que rugía y respiraba. Pero en la carrera, Gustín tropezó, cayendo por una pendiente oscura, rodando entre raíces hasta perderse al fondo.

—¡Hermano! —gritó Alonso, queriendo lanzarse tras él.

Yuisa lo detuvo, con los ojos brillando de lágrimas y ceniza.

—¡No hay tiempo! —exclamó la Guerrera Anaranjada, su voz mezclándose con el viento. Ella tomó su machete y lo golpeó contra el suelo. La tierra respondió con un retumbar suave, como si las raíces mismas abrieran un camino oculto. La luz del antifaz naranja iluminó un sendero secreto entre las sombras del monte.

Los guió durante mucho rato hasta un claro. Allí, entre la maleza y la niebla, se alzaban las ruinas de piedra y madera, cubiertas de musgo y raíces. Un arco quebrado, columnas talladas con símbolos antiguos, figuras de mujeres y dioses que el tiempo apenas recordaba.

Yuisa miró alrededor, fascinada.

—No puede ser —susurró Alonso—. Son ruinas de los primeros isleños.

La Guerrera Anaranjada se detuvo ante la entrada del lugar, el antifaz reflejando la luz pálida de la luna. —Aquí termina mi camino —dijo ella, con una calma solemne.

Yuisa dio un paso al frente. —¿Por qué nos ayudas? ¿Quién eres en verdad?

La Guerrera Anaranjada giró el rostro solo un poco, lo suficiente para que su voz se sintiera más humana, más cercana.

—El monte guarda lo que el fuego no pudo destruir. Aquí está la historia que nadie quiso contar —dijo ella y su mirada se posó en Yuisa, fija, casi maternal. —Solo quienes encuentran sabrán la verdad.

Y antes de que Yuisa pudiera responder, el viento sopló con fuerza. Las hojas del suelo se alzaron, el humo la cubrió, y la guerrera desapareció como un espejismo.

RUINAS ISLEÑAS

—ESTO ERA UNA ALDEA —susurró Alonso, inhalando el aire que olía a humedad y tierra vieja.

El batey, cubierto de ceniza y hojas secas, parecía respirar un silencio sagrado.

Yuisa caminaba despacio, pasando la mano por las piedras altas que lo rodeaban. Algunas tenían grietas profundas; otras, figuras apenas visibles bajo el musgo. Rostros, espirales, soles, cuerpos danzantes.

Su voz se perdió entre los escombros de los bohíos derrumbados, cuyas columnas quemadas todavía olían a humo.

Alonso se acercó, mirando las piedras. —Yui, estos no son simples dibujos —dijo él, con tono bajo—. Son petroglifos. Mensajes antiguos, de quienes vinieron antes de nosotros. Algo que se perdió en el Islote.

Yuisa pasó la mano sobre uno, una espiral que se cruzaba con dos figuras unidas por líneas en forma de raíces. Lo observó desde el otro lado del batey.

—¿Y qué hacían aquí? —preguntó Yuisa, con los brazos cruzados.

Alonso se inclinó, leyendo los grabados con los dedos. El sol del ocaso se reflejaba sobre ellos, dándoles brillo dorado.

—Lo mismo que Luysa me dijo en el sueño —contestó Alonso, y Yuisa sintió un escalofrío. —¡Yuisa! Tengo que decir lo que me dijo Luysa en el sueño.

—Mi abuela. ¿Qué sueño? —preguntó Yuisa, pero él no la miró. Su voz cambió, se volvió más profunda, más distante, como si repitiera algo que no era suyo.

—Me dijo que desde el comienzo, eran dos. Pero la semilla de ceiba de una de esas dos será el futuro de Yaya. Que de un lazo entre dos podrán unir los antros otra vez. Pero el sacrificio más grande lo hará quien cruce a un mundo que ni debe estar. Porque pa' ganar un gran piélago, tendrán que conocer su semblanza otra vez.

El viento se detuvo. Hasta los árboles alrededor de ellos parecieron escuchar.

Yuisa se apartó, los ojos llenos de incredulidad y lágrimas deslizándose por la cara.

—No... —dijo Yuisa despacio, negando con la cabeza. —Yo no soy ninguna semilla de ninguna ceiba, Alonso.

—Yui.

—¡No lo digas! —gritó Yuisa, su voz quebrada—. ¡Yo no soy nada de eso! No quiero serlo.

Alonso la miró con tristeza.

—Entonces, ¿por qué los brazaletes responden solo a ti? ¿Por qué el monte te protege? —preguntó Alonso.

Yuisa lo miró, los labios apretados, los ojos húmedos.

—Porque todo el mundo necesita creer en algo, incluso tú — dijo Yuisa con amargura, y dio media vuelta.

Cruzó el batey en silencio. Se detuvo bajo lo que quedaba de un bohío y se acurrucó, envolviéndose en su manta.

Alonso se quedó frente a los petroglifos, el fuego del atardecer reflejándose en su rostro. Repitió en voz baja la última línea de la profecía, como si quisiera entenderla por dentro.

—Porque pa' ganar el gran piélago, tendrán que conocer su semblanza otra vez.

La noche cayó.

El canto de los coquíes llenó el vacío.

Ella dormía lejos de él, con el bastón bajo el brazo, sin saber si soñaba o huía de su destino.

Él, sentado frente a las piedras, sintió que los ojos tallados en la roca lo miraban también, como si las almas antiguas esperaran su respuesta.

Y entre ambos, el silencio del batey, viejo, roto, pero aún vivo, guardó la profecía, como lo había hecho durante siglos.

La noche seguía respirando sobre las Ruinas Isleñas.

El viento del monte se había detenido, y solo el canto de unos coquíes solitarios marcaba el pulso del silencio.

Yuisa se movió inquieta en su manta. Soñaba con fuego y raíces, pero un brillo extraño le acarició los párpados y la obligó a abrir los ojos.

La oscuridad del bohío caído estaba interrumpida por un resplandor tenue, anaranjado, palpitante. Llamándola.

Salió despacio, descalza, con sus brazaletes listos para lo que viniera.

Se movió por el batey dormido, cubierto de sombra, pero en una de las piedras centrales un petroglifo brillaba. La luz parecía fuego contenido, viva, moviéndose dentro de la roca como si respirara.

Yuisa se acercó despacio.

El aire olía a tierra recién abierta.

El símbolo, una espiral que cruzaba con líneas curvas, se encendió más fuerte, hasta desprender chispas.

Entonces la luz se deslizó fuera de la piedra. Era como un hilo líquido de fuego que corría por el suelo, avanzando serpenteante hacia un árbol cercano.

Yuisa lo siguió con los ojos muy abiertos, el pecho subiendo y bajando rápido. El fuego subió por el tronco, marcando la corteza con líneas antiguas, como si dibujara raíces.

Luego bajó otra vez, internándose en la tierra.

Yuisa dio un paso atrás cuando vio cómo la luz se abría camino bajo sus pies, como si el suelo mismo respirara.

El brillo siguió moviéndose, desapareciendo en un pequeño túnel de palitos secos, una grieta que tembló y luego se iluminó desde dentro, formando una especie de portal diminuto.

Yuisa se agachó, fascinada o embobada.

El fuego emergió más adelante, en el borde del monte. Allí, un cuerpo de agua, quizás una laguna o pozo de los dioses, reflejaba la luz como espejo líquido. El resplandor naranja se hundió lentamente, perdiéndose en el agua.

Y de pronto, todo cambió de color.

Un destello blanco, puro, cegador, barrió la oscuridad. Los árboles, el aire, el agua. Todo quedó suspendido un segundo, como si el tiempo mismo se detuviera.

Yuisa llevó una mano al rostro.

—¿Qué? ¿Qué es esto? —susurró Yuisa, sintiendo el corazón martillarle el pecho.

El silencio volvió.

Y justo cuando creyó que el mundo había exhalado su último aliento, escuchó pasos.

—¡Yui! —era la voz de Alonso.

Apareció corriendo entre las sombras, cubierto de sudor y tierra.

Su respiración era desesperada.

—¡Nos encontraron! ¡Los guerreros isleños están aquí! —gritó Alonso y antes de que ella pudiera reaccionar, la tomó por las manos.

El contacto la sobresaltó.

Yuisa aún sentía la energía del petroglifo en la piel, un calor que se mezclaba con el de Alonso.

Él la miró a los ojos, el brillo del miedo y del fuego reflejado en ambos.

El rugido de los cuernos de guerra partió el silencio como un rayo.

—Perdón —dijo Yuisa.

Alonso apretó sus manos. —No tienes que pedirme perdón, nunca.

De entre la neblina surgieron cinco guerreros isleños, sus cuerpos marcados con líneas de guerra, sus ojos ardiendo con una furia que no conocía nombre. Los rodearon en segundos, las lanzas brillando bajo la luna.

Uno de ellos, ágil como sombra, tomó a Yuisa por detrás, apretando su brazo con toda su fuerza. Yuisa clavó el talón en su empeine y giró la muñeca; el brazalete chisporroteó. El guerrero soltó un alarido y aflojó el agarre

Los otros cuatro formaron un círculo perfecto alrededor de Alonso, moviéndose con coordinación de jauría.

Alonso respiró hondo. Podía sentir cómo algo en su interior despertaba. El calor subiendo desde su pecho hasta las venas, un temblor que no era miedo, sino la bestia queriendo salir.

Su mirada se cruzó con la de Yuisa.

Ella, atrapada entre las manos del guerrero, no gritó.

No luchó.

Solo lo miró.

Y en esos ojos, marrones, firmes, llenos de fuego y algo divino, Alonso entendió el mensaje sin palabras.

«Está bien. Si te transformas, si vuelves a ser la bestia, yo te salvaré. Siempre.»

El viento cambió. Una brisa distinta, fresca, cargada del olor de la ceiba y del monte húmedo, le rozó el rostro.

Era Monte Verde.

Podía jurarlo.

Era como si el monte mismo lo llamara de lejos, susurrando su nombre entre hojas y raíces.

Entonces rugió.

—¿La bestia? —preguntó uno de los guerreros isleños.

Un sonido profundo, animal, salió de su pecho.

El aire tembló.

Y en un parpadeo, dos de los guerreros fueron lanzados por los aires.

Uno chocó contra un muro de piedra, otro rodó por el suelo hasta romperse el cuello. Los otros dos apenas alcanzaron a gritar antes de caer sin vida, mientras la tierra absorbía su sangre.

Alonso giró, jadeando, el cuerpo todavía ardiendo en furia. Pero antes de lanzarse hacia el quinto guerrero, se detuvo. Yuisa ya no estaba atrapada.

La vio detrás del enemigo, su voz calmada pero firme.

—No necesito que me salves —dijo ella, mirando al guerrero exhausto que apenas podía sostenerse de pie. Su pecho subía y bajaba rápido, y el sudor le corría por las sienes como si todavía estuviera peleando. —Solo necesitaba que entendieras quién soy.

El guerrero isleño, temblando, soltó su lanza, golpeó la tierra con un sonido seco, y Yuisa lo apartó con un empujón suave.

Alonso volvió a su forma humana. —Yui, me salvaste.

Yuisa negó con la cabeza, y una media sonrisa, cansada y tierna, se le escapó. —No, Alonso. Tú mismo te salvaste.

El silencio los envolvió. Las cabezas de ambos cayeron una sobre la otra, como si el cuerpo encontrara antes las palabras que la mente. El corazón de Yuisa latía contra el pecho de Alonso, y el suyo respondía con el mismo ritmo, lento, inevitable

—Tenemos que irnos —dijo Alonso.

—Adonde sea, contigo —dijo Yuisa, girándose hacia Alonso mientras gotas empezaron a caer del cielo.

La lluvia había quedado atrás.

Solo quedaban los gritos apagados de los guerreros isleños, que no se atrevían a cruzar la frontera invisible donde comenzaba la cueva. Como si fuera un símbolo de no entrar.

Yuisa y Alonso entraron a la cueva de las Ruinas Isleñas jadeando, las antorchas de afuera, temblando como si el viento las negara. Dentro, el aire era espeso, húmedo, cargado de algo antiguo.

Las paredes estaban cubiertas de piedras talladas con petroglifos: rostros, soles, cuerpos danzantes, símbolos que parecían respirar con la penumbra.

Los brazaletes de Yuisa comenzaron a brillar.

Primero tenues, luego más fuertes, hasta que la luz se convirtió en fuego dorado.

El resplandor los envolvió a ambos.

No los quemaba; los abrazaba.

De pronto, los petroglifos cobraron vida.

Las figuras se movieron, proyectando sombras luminosas que danzaban por las paredes como si los dioses estuvieran contando su historia con fuego. Una voz, ni humana ni divina, sino algo entre ambas, resonó desde las entrañas de la cueva.

«Antes del Gran Maní, antes de la Plaza del Islote y de los aldeanos que veneraron la ceiba... existió el Máximo, el primer líder de toda Isla Grande.»

Las luces en la pared mostraron un hombre alto, con un cetro y una corona de hueso.

«Su Nita, su hijo, desafió a los dioses. Amó donde no debía amar, y su corazón se partió entre el deber y el deseo.»

Apareció entonces la silueta de un joven y una mujer. Sus manos intentaban tocarse, pero un muro de fuego los separaba.

«Los nitaínos, bohíques, naborías y hasta curanderos y la Máxima Abuela decidieron que el equilibrio debía restaurarse. Soltaron su espíritu, y con él se disolvió la armonía del mundo.»

El fuego dorado cambió de color, tornándose rojo oscuro. La cueva tembló.

«Mucho antes de que los Máximos, los Grandes, los Caciques y hasta los Reyes empezaran sus guerras y amores, solo existía la oscuridad total.»

El techo de la cueva pareció abrirse como un cielo antiguo. Y de repente, dos cuevas se formaron en las paredes de fuego.

«De Cacibajagua surgieron los hombres y mujeres, los isleños que aprendieron a sembrar, a honrar, a cantar. Los hijos de Yaya. Los taínos. De Amayacuna, los animales, guardianes de los vientos y de las aguas.»

El fuego se expandió hasta cubrir todo el techo, mostrando una figura luminosa que lo abarcaba todo.

«Yaya, madre de todo, dio forma al tiempo. Hizo la luz y el trueno, la lluvia y el relámpago. Y los hombres hicieron templos, altares, juegos, sacrificios. Porque la creación no existe sin destrucción, ni la vida sin el caos que la empuja a renacer.»

Las imágenes empezaron a desvanecerse lentamente, dejando solo brasas flotando en el aire. Yuisa estaba inmóvil, los ojos llenos de reflejos dorados.

Los brazaletes aún ardían, y su resplandor se unió al de Alonso, formando un hilo de fuego que entrelazó sus manos.

Por un segundo, el tiempo se detuvo.

El fuego los envolvió en silencio, dibujando sobre ellos una luz viva.

—Yui... Bastián es... —empezó Alonso. Miró el rostro de Yuisa, que estaba iluminado por el resplandor de la luz que ardía en sus brazaletes. —Mi padre.

El silencio cayó como piedra en el agua.

Yuisa parpadeó, inmóvil. —¿Qué dijiste?

—Mi padre —repitió Alonso, tragando con dificultad—. El Rey del viejo mundo. Un hombre partido.

Ella dio un paso atrás, el fuego reflejándose en sus ojos. —¿Tú eres el hijo del Rey forastero?

—No el mayor —dijo él con tristeza—. Fui uno de los muchos. Nací en mí la sombra de su ambición, pero nunca su corazón. Él nunca supo amar... ni a su tierra, ni a nadie.

Yuisa bajó la mirada. —¿Por qué?

Alonso suspiró.

—Porque nunca estuvo ahí. Siempre quiso conquistar algo nuevo, como si llenar el mundo pudiera llenar su vacío. Mi hermano mayor, él sí tiene la nobleza que Bastián perdió.

Yuisa lo miró en silencio.

—Compartimos más de lo que pensaba —dijo Yuisa finalmente.

Alonso sonrió débilmente, dando un paso hacia ella.

—A mí no me importa si eres la hija del Gran Maní o una semidiosa caída del cielo de Yaya —dijo Alonso.

Yuisa intentó responder, pero las palabras se le ahogaron en la garganta.

—Y a mí no me importa de dónde vienes —susurró Yuisa, más cerca, su voz hecha un temblor suave que parecía derretirse en el aire. —Eres el príncipe del hombre que más odian los isleños —dijo Yuisa con un hilo de voz.

—Cállate por un segundo —dijo Alonso. La miró con una sonrisa apenas contenida, los ojos llenos de fuego y ternura. El aire olía a piedra húmeda y fuego dormido. Yuisa levantó la mirada, con el pulso golpeándole el cuello.

—¿Qué fue lo que me dijiste? ¿Qué tú te...—

La frase se quebró antes de nacer.

Alonso dio un paso y el espacio entre ellos se deshizo. Su mano rozó el costado de su rostro, bajó por la mejilla y quedó quieta un instante en su mandíbula, temblorosa, como si buscara permiso. Ella no retrocedió.

El silencio se volvió espeso. La respiración de ambos se mezcló en el aire caliente. Yuisa sintió su aliento rozarle los labios, un roce apenas, húmedo, incierto, que la dejó sin aire. Fue entonces cuando el mundo pareció detenerse.

Las gotas que caían del techo se hicieron lentas, cada una marcando un compás invisible. Alonso inclinó la cabeza, y el roce volvió, más firme esta vez, con la tibieza de algo que llevaba mucho tiempo esperando. Sus labios se encontraron, pero sin urgencia: con el cuidado de quien abre una herida y encuentra dentro un recuerdo.

Ella se aferró a su pecho, y él la sostuvo por la cintura, guiándola hacia sí. El contacto se volvió más hondo, más inevitable. Los dos se movieron sin pensar, tropezaron con una piedra y cayeron al suelo. El polvo se levantó, cubriéndolos de un dorado tenue.

El aire cambió.

El calor que nacía entre ellos empezó a reflejarse en las paredes. Un destello brotó de la tierra, primero leve, como el parpadeo de un fuego nuevo. Luego más fuerte. La luz se extendió por la cueva, trepando por los grabados, avivando sus líneas antiguas.

Las sombras retrocedieron.

Los petroglifos parecían respirar.

El dorado se volvió más intenso, envolviéndolos a ambos, fundiendo piel y piedra, carne y aire, hasta que todo ardió en una sola claridad.

Por un instante, no hubo frontera entre ellos ni entre la cueva y el sol. El resplandor dorado llenó todo, vivo, palpitante, como si el amanecer hubiera nacido dentro de la tierra.

CONUCOS

—LA SEMILLA —SUSPIRÓ YUISA con los ojos cerrados. Pensó en la profecía y vio el resplandor dorado aún danzaba detrás de sus párpados.

Cuando Yuisa abrió los ojos, la cueva estaba en total silencio.

Ya no quedaban más que brasas apagadas, ecos de luz en las paredes húmedas y el olor a tierra vieja que respiraba siglos. A su lado, Alonso se incorporó lentamente, pasándose una mano por el cabello empapado de sudor, pegado a la frente y al cuello.

Yuisa aún temblaba. Su respiración era irregular, el pecho desnudo le subía y bajaba como si siguiera corriendo dentro del sueño.

Entonces lo vio.

Alonso, en silencio, sacó de su morral un cuenco pequeño, tallado con símbolos que parecían vivos bajo la luz de las brasas. Luego tomó dos ramas secas, las ató con una cuerda de fibra y las acercó al fuego hasta encenderlas.

—¿Qué haces? —preguntó Yuisa, alarmada, dando un paso atrás.

El humo empezó a elevarse, lento y espeso, llenando la cueva con un olor fuerte a madera, hojas secas y algo más, algo dulce y ancestral.

—¡Apaga eso! —dijo Yuisa, cubriéndose la boca y tosiendo. —Vas a asfixiarnos, Alonso.

Él no respondió enseguida. Solo observó el fuego un momento, con una calma que contrastaba con el temblor de su voz.

—No te asustes, Yui. No es fuego para destruir; es fueguito para escuchar y seguir este viaje nuestro —contestó Alonso.

Yuisa lo miró confundida. —¿Escuchar qué?

—A los que ya no pueden hablar —dijo él, mientras revolvía el contenido del cuenco con las ramas encendidas. —Esto es cohoba. Puyara me lo dio en secreto.

Yuisa parpadeó, sin entender. —¿Cohoba? ¿Qué es eso?

Alonso levantó la vista, el rostro medio iluminado por el fuego, medio cubierto de sombra. —Una ceremonia muy antigua. Antes, todos los isleños la hacían. Era la forma de hablar con Yaya, con los dioses, con los que ya no están. Pero con el tiempo... se olvidó. La cambiaron por tabaco. Por humo sin alma.

El aire se espesó. Las llamas crepitaban suave, proyectando sombras que danzaban en las paredes húmedas.

Yuisa se llevó una mano al pecho. —Pensé que el tabaco era lo sagrado. Lo usaban hasta los guerreros antes de la batalla.

—Sí —dijo Alonso, soplando sobre las brasas—. Pero no es lo

mismo. El tabaco calma, adormece. La cohoba, en cambio, despierta. Conecta lo que está aquí —se tocó la sien— con lo que duerme allá —y señaló el techo de la cueva, donde el humo comenzaba a girar en espirales.

Yuisa retrocedió un poco. El humo le rozó el rostro y sintió un leve cosquilleo, como si el aire hablara en murmullos.

—¿Y si despiertas algo que no queremos? —preguntó Yuisa, medio en broma y medio temiendo la respuesta.

Alonso sonrió apenas. —Entonces lo volveremos a dormir juntos. Cierra los ojos, Yuisa. Escucha.

Ella dudó, pero lo hizo. Confiaba plenamente en él. El humo parecía moverse con intención, formando figuras que se disolvían al parpadear.

Por un momento creyó ver rostros.

Uno de ellos, juraría, era el de Luysa.

—¿Crees que hay otras lenguas? —preguntó Yuisa de pronto, la voz trémula.

—¿Por qué lo dices? —respondió Alonso, sin abrir los ojos.

—Porque a veces escucho palabras viejas. No son mías, pero las entiendo. Y cuando las repito, nadie más puede hacerlo. Como si fueran de otro mundo.

Alonso abrió los ojos lentamente.

—Sí, las hay —respondió Alonso, con una calma que sonaba a certeza. —En las costas de mi tierra hay otras, y en otras partes del viejo mundo también. Lo nuestro, esto que tú y yo hablamos, es una mezcla que sobrevive. Una lengua que recuerda y olvida al mismo tiempo.

Yuisa bajó la mirada, como si el suelo respirara bajo sus pies. —Entonces no estoy loca.

—No —dijo Alonso, riéndose y acercándose con una sonrisa leve. —Solo estás más cerca de lo que los demás no pueden oír.

El fuego chispeó.

El humo subió en una espiral lenta, dorada, como si el resplandor que los envolvió aún no se hubiera ido del todo.

—Tenemos que ir por ellos —dijo Yuisa, con la voz firme, aunque el temblor en sus manos la delataba.

—¿Por Enay, Jomar y Natay? —preguntó Alonso.

—Sí. Son lo único que queda de la Plaza. No voy a perderlos también.

Alonso apagó las brasas con arena, el humo disipándose en la oscuridad. Tomó su macana, tanteando la entrada de la cueva, y extendió una mano hacia ella.

—Vamos. Antes de que el amanecer traiga más ojos —dijo Alonso.

El fuego murió en silencio.

Solo quedó el olor a cohoba y el eco tenue de lo que habían despertado.

Salieron de la cueva, y el aire los recibió con un golpe helado. La luna estaba cubierta por nubes densas, pero aún así lograban distinguir la silueta de los montes y el brillo apagado del mar a lo lejos.

Caminaron sin hablar, siguiendo el rastro del viento.

Yuisa iba detrás del hombre, del forastero que era todo suyo.

A medida que avanzaban entre raíces y piedras húmedas, el terreno cambió.

El bosque se abría en hileras ordenadas.

Frente a ellos, extendiéndose hasta donde la oscuridad alcanzaba, había campos enteros de conucos, montículos de tierra fértil cubiertos de hojas de yuca, batata y maíz.

Yuisa se detuvo en seco.

—¿Esto no se quemó? —susurró Yuisa, mirando las hileras intactas.

El aire olía a tierra viva, a sudor reciente, como si alguien hubiese trabajado allí hacía poco.

—Al parecer no —respondió Alonso, con el ceño fruncido. — Pensé que Kairani y Oruyán dijeron que la comida estaba escasa.

De pronto, alzó una mano, a punto de ponerla en la boca de Yuisa.

—¿Por qué todos intentan taparme la boca? —preguntó Yuisa.

—Espera —susurró Alonso. —Escucho voces.

Ambos se agacharon entre las hojas grandes de yautía. El sonido de pasos se acercó.

—Isleños —murmuró Alonso. Vio cómo los dos isleños cargaban canastas de raíces recién arrancadas.

El barro fresco se les pegó bajo las uñas mientras se agazapaban. Entre las sombras de los Conucos, estaban Yuisa y Alonso, ocultos entre las hojas anchas y los tallos altos. A lo lejos, dos figuras se movían bajo la luna, cargando canastas repletas de raíces y frutos.

—No entiendo por qué les estamos dando todo esto a los forasteros —murmuró uno, con tono de fastidio y orejas perforadas con tapones de oro.

—El Máximo así lo requiere —contestó el otro, sin levantar la vista. —¿Quiénes somos nosotros para juzgar?

—¿Y si mañana dice «tírate pa' Ayiti»? ¿También lo harías? —replicó el primero, dejando caer la canasta con un golpe seco.

—Ni loco. ¿Pa' qué juriquillos quiero ir a donde ellos? —dijo el segundo, escupiendo al suelo.

Yuisa frunció el ceño, apenas moviendo los labios. —¿Ayiti? —susurró.

Alonso, observando desde el follaje, respondió igual de bajo. —Tus hermanos del este. Los que los isleños llaman los gemelos del mar.

Pero los dos hombres no se habían ido todavía.

La conversación cambió de tono, más baja, más peligrosa.

—Suraybo, no somos taínos —dijo el segundo hombre, con una risa amarga y algo brillándole desde la lengua color plateado.

—Entonces, dime, Umayel. ¿Y por qué no somos buenos? —preguntó Suraybo, deteniéndose en seco.

Su voz sonó cansada, pero firme.

—Suray, nuestra gente debería saber esto —insistió Umayel, mirando hacia la oscuridad, como temiendo ser escuchado. —Como deberían saber lo que en verdad es la llamada del Máximo.

—¿Tienes idea de lo que pasaría? —dijo Suraybo, casi en un susurro. —Un Nita por poco desata una guerra, como si fuera un cacique antiguo, todo por amor. Imagínate si se enteran de lo que hacemos ahora.

Umayel lo miró con miedo, con una mezcla de respeto y culpa.

—Nuestros dioses no nos perdonarán.

Suraybo negó con la cabeza, bajando la voz hasta que casi fue un rezo.

—Los dioses de los forasteros los apoyan. Los nuestros nos apoyarán también. Porque no es pecado obedecer al Máximo —dijo Suraybo.

—Obedecer... o arrodillarse —replicó Umayel, pero su voz se quebró. Miró a su alrededor, como si los Conucos escucharan. —A veces pienso que lo que estamos sembrando no es yuca. Es miedo.

Suraybo bajó la mirada. El silencio pesó un instante, espeso como la humedad de los Conucos.

Siguieron caminando entre las hileras de tierra, con las canastas chocando contra sus caderas. Las hojas secas crujían bajo sus pies y, a lo lejos, un coquí cantaba entre la neblina.

—¿Escuchaste lo del pirata? —murmuró Umayel, bajando la voz.

—¿Pirata? —repitió Suraybo, curioso pero con cautela.

—Dicen que anda por las costas del oeste, que comanda una flota entera. Un forastero, pero no como los demás. Que no le sirve ni al Máximo ni a los dioses —dijo Umayel.

—¿Valeno? —preguntó Suraybo, deteniéndose.

Umayel sonrió, apenas, con la luz de la luna partiéndole el rostro en dos sombras. —Creo que se llama así mismo. O eso dice cuando ataca.

—¿Has escuchao de Valeno? —murmuró Yuisa a Alonso. Él movió la cabeza de lado a lado. —Por fin algo que no sabes.

Umayel y Suraybo se quedaron un momento quietos, oyendo el rumor del viento entre los árboles, el eco de los tambores lejanos, el roce de los grillos entre las raíces.

Umayel metió la mano en su bolso y sacó un tubo en forma de Y, tallado en hueso y con marcas antiguas. Lo sostuvo con cuidado, mirándolo como si fuera un secreto vivo.

—¿Quieres prender, Suray? —preguntó Umayel con una media sonrisa.

Suraybo lo miró, nervioso. —Tengo mi cemí conmigo, no puedo —respondió, señalándose el pecho. —Siempre lo llevo encima, me cuida.

Umayel asintió, sin dejar de sonreír. —Entonces cúbrelo. No querrás que te vea inhalando otra cosa.

Suraybo lo miró, con el sudor en la frente y el miedo clavado en la garganta.

—Si nos cogen, nos sacrifican —dijo Suraybo, en voz baja.

Umayel soltó una risa seca, sin alegría. —No sería lo peor que hemos hecho bajo la luna, Suray.

El tubo brilló un instante cuando la brisa movió las ramas. Luego todo volvió a oler a tierra, humo y miedo.

—Qué bien se sienten esos ojos de boa —sollozó Suraybo, y los Conucos, como si entendieran el pacto silencioso entre ellos, no dijeron nada.

Y sin decir más, ambos se internaron en la espesura.

Las canastas golpeaban sus caderas, y pronto se perdieron entre los árboles, dejando atrás solo el sonido de las hojas moviéndose como si el monte, en efecto, hubiera estado escuchando.

El silencio volvió. Solo quedaron el croar de los coquíes y el sonido lejano de las olas.

Yuisa se incorporó despacio, sus manos cubiertas de tierra.

—Es extraño —murmuró Yuisa. —Si la tierra da vida, ¿por qué hay hambre en las otras aldeas?

Alonso la miró, con la mirada perdida entre las sombras de los Conucos.

—Porque hay manos que cosechan —dijo Alonso con voz baja, amarga. —Y otras que ordenan quién come.

Caminaron bordeando los campos. El sonido del mar se hacía más cercano, mezclado con el rumor lejano de tambores apagados. El cielo empezaba a clarear, y en el aire flotaba un olor a sal y a peligro.

Entre los matorrales apareció la costa. Una línea de arena oscura, y, frente a ella, tres canoas encalladas.

Parecían abandonadas, pero intactas.

Como si alguien, o algo, las hubiera dejado allí esperándolos.

El viento del Caribe les golpeó la cara. Yuisa respiró hondo; la sal le ardió en la garganta, pero también la despertó.

Sin decir palabra, subieron a una de las canoas isleñas.

Yuisa tomó el remo y Alonso se acomodó detrás, su torso desnudo brillando con el sudor y la humedad. El taparrabo mal amarrado colgaba torcido. Yuisa rodó los ojos y, sin decir palabra, se inclinó hacia él para ajustárselo.

—Si los dioses te vieran, pensarían que olvidaste tu linaje —dijo ella.

—Y si tú me sigues mirando así, se encenderá esto como en la cueva —bromeó Alonso.

Yuisa le dio un apretón tan fuerte que él se quejó entre risas.

—No sigas —dijo ella. —Aquí no podemos iluminar nada.

Siguieron remando. La marea estaba tranquila, como si el mar también supiera guardar secretos.

Y entonces, de entre las sombras del agua, dos figuras se acercaron nadando.

Manatíes, enormes y silenciosos, deslizándose a ambos lados de la canoa.

—Nos escoltan —susurró Yuisa, maravillada.

El brillo de la luna acariciaba sus lomos grises, y uno de ellos se acercó tanto que Yuisa pudo tocarlo. Su piel era tibia, áspera y suave a la vez. El animal suspiró, un sonido profundo, casi humano.

—¿Ves? —dijo Alonso, sonriendo con ternura. —Te lo llevo diciendo desde que te vi. Eres una semidiosa de Yaya.

Yuisa lo miró sin responder, pero el destello de una sonrisa le cruzó los labios. Acarició una vez más al manatí, y por un instante, sintió que las aguas le hablaban con voz antigua. Los dos animales se mantuvieron firmes a cada lado, guiándolos como guardianes del fondo del mar.

Durante el trayecto, el horizonte se fue tiñendo de tonos oscuros. A lo lejos, barcos forasteros surcaban el agua, sus velas negras recortadas contra la luna.

Yuisa y Alonso se agacharon dentro de la canoa, moviéndose con cautela.

—Son los barcos de Bastián —dijo Alonso, con el ceño fruncido.

—Entonces tenemos menos tiempo del que pensábamos —dijo Yuisa.

Los manatíes se sumergieron lentamente, desapareciendo bajo la superficie. Cuando emergieron, ya estaban cerca de otra costa. Una costa extraña. Había redes de pesca colgando de los árboles, cestas vacías, jarras rotas y sogas húmedas.

Pero no había nadie.

Ni risas, ni fuego, ni vida. Solo el sonido lejano de tambores.

Yuisa miró a Alonso, con los ojos ardiendo de determinación. —Llegamos a la capital de Isla Grande.

—Y esta vez —dijo Alonso, tomando la macana. —No hay vuelta atrás.

—Por Enay. Por Jomar. Por Natay —dijo Yuisa.

—Por ti. Por mí. Por nosotros —añadió Alonso.

PUERTA DORADA

—YUI, ME SIENTO DÉBIL —sollozó Alonso, mientras Yuisa le acarició la espalda.

El resplandor de la cueva de las Ruinas Isleñas le había dejado los músculos temblorosos; la cohoba aún zumbaba en su sangre, calmando los efectos de ser la bestia.

El cielo todavía estaba en tinieblas, pintado de un azul hondo, azul como el vientre del mar antes de parir el amanecer. El sol se escondía aún, y la luna ya no mandaba. Frente a Yuisa y Alonso se alzaba la Puerta Dorada de Isla Grande.

—Guau —suspiró Yuisa, mientras veía los dos pilares de piedra tallados con soles, lunas y espirales que parecían moverse bajo la luz de las antorchas, unidos por un arco de guanín bruñido que brillaba como fuego detenido.

Y más allá, mucho más allá, dormía la madre de raíces profundas.

—La Gran Ceiba —dijo Yuisa.

El silencio era espeso como una fritura olvidada en el fogón

Tío Xolani.

Solo los coquíes cantaban a lo lejos.

Co-quí, co-quí. Recordando que la isla aún respiraba.

Y el mar murmuraba bajito contra las piedras, como abuela que arrulla.

Yuisa se abrazaba a sí misma, apretando los brazaletes que parecían más pesados que nunca.

—Alonso —dijo Yuisa con voz bajita, temiendo romper el aire.

—¿Cómo vamos a entrar?

Alonso callaba. La mandíbula dura, los ojos prendidos en la Puerta Dorada como si el oro pudiera darle respuestas. El fuego bailaba en sus pupilas, pero su silencio pesaba más que un monte entero.

—Dime —insistió Yuisa. —Se llevaron a mis aldeanitos, estamos en tierra enemiga, y quizás Bastián está a punto de llegar.

Alonso bajó la cabeza, los puños cerrados, como piedra apretada.

—No sé, nunca he estado aquí.

—¿Qué? —preguntó Yuisa, con voz temblorosa pero valiente.

El silencio se alargó, se estiró como cuerda a punto de romperse. Yuisa pensó que Alonso se iba a encerrar de nuevo en su muro de rabia. Pero no, no está vez. Yuisa abrió la boca pero la Gran Ceiba decidió por ellos.

¡CLAAANG!

Un estruendo metálico sacudió la madrugada.

La Puerta Dorada se abrió de par en par, y la neblina entró como humo vivo. De allí salieron guerreros isleños con antifaces dorados, con lanzas cortas que brillaban bajo las antorchas.

—¡Entren! —tronó uno, con voz que retumbó como caracol marino—. Fotunayel ya había avisado que vendrían dos taínos al amanecer. Llegan tarde, pero la Gran Ceiba no deja fuera a ningún isleño.

Los ojos de Yuisa se cruzaron con los de Alonso. Ninguno sabía quien era Fotunayel.

Había miedo, había tensión, pero también oportunidad. Los guerreros los confundían con hijos de Isla Grande.

—Adentro, rápido, antes de que amanezca —ordenó otro, empujándolos con la lanza, suave, pero firme.

Los guiaron por un pasillo de piedra hasta un bohío junto a un charco de agua que reflejaba las antorchas como si fueran estrellas atrapadas. El aire olía a barro fresco, a palma cortada. Con señas, les ordenaron lavarse, descansar, esperar la ceremonia al despuntar el sol.

Cuando la puerta del bohío se cerró tras ellos, Yuisa cayó de rodillas junto al agua. La poza de lluvia le devolvía un rostro cansado, un rostro lleno de dudas, como si el agua misma le quisiera preguntar.

—La Gran Ceiba nos espera —susurró Yuisa, con voz quebrada —. Pero no sé si estamos listos para lo que nos pedirá.

Alonso no habló.

Se recostó del poste central del bohío, cerró los ojos y apoyó la frente. Y la noche se hizo aún más pesada, como si la misma Isla Grande, con sus montes y sus mares, estuviera aguantando la respiración antes de soltar la verdad.

Aquella noche en la Gran Ceiba la lluvia cayó sin descanso, lluvia menuda pero firme, como si el cielo quisiera limpiar pecados escondidos. Yuisa se removió en la hamaca, apenas despertando cuando escuchó el crujido de la puerta de yagua.

Crrrk, crrrk, sonó la madera.

—¿Itiba? —susurró Yuisa, y la vio entrar entre el humo tenue de la antorcha, pasos suaves como sombra, mirada fija, seria, como quien carga un secreto más pesado que su propio cuerpo.

Alonso seguía dormido, respirando parejo, ajeno al destino que allí se decidía.

Itiba alzó un dedo a sus labios, pidiendo silencio y con la otra mano llamó, apenas un gesto, pero bastó.

Yuisa se deslizó de la hamaca, descalza, y salió tras ella.

Afuera la noche estaba cerrada, bien cerrada, y la lluvia caía constante, *tin... tin... tin*, empapando la tierra, perfumando el aire con hojas mojadas y barro fresco. Se refugiaron bajo un árbol ancho, tronco oscuro que parecía beberse las gotas como quien bebe guarapo.

Por un momento nadie habló. Solo la lluvia, repicando en el

follaje.

—¿Por qué hiciste lo que hiciste, Itiba? —preguntó Yuisa, rompiendo el silencio, con la voz baja pero firme, voz de nieta de Luysa, aunque temblaba como maraca en manos de aldeanito.

Itiba mordió su labio morado y hinchado, mirando la tierra embarrada, como si buscara allí las palabras. Alzó la vista, y en sus ojos brillaba un amargo resplandor.

—Porque siempre tuve celos de ti —contestó Itiba.

—¿De mí? —preguntó Yuisa.

—Desde que éramos niñas. Tú, nieta de Luysa, hija del Gran Maní. Todos te miraban como si los dioses caminaran contigo. No tienes idea de lo que es nunca ser una opción, solo una sombra: la olvidada en los cantos, la que nadie nombraba cuando ardía el fogón.

La lluvia resbalaba por el rostro de Yuisa, confundida con lágrimas que no quiso soltar. —Nunca pedí esta vida. Nunca quise ser distinta. Yo solo quería ser una más... una aldeana como todas. Sin brazaletes que brillaran, sin voces antiguas llamándome, sin destinos que me arrancaran lo poco que amaba. Y mucho menos... —su voz tembló— mucho menos enamorarme de Alonso.

El nombre se apagó en el murmullo de la lluvia, como secreto tragado por el monte.

Itiba apretó los brazos contra el pecho, buscando fuerza donde no quedaba. —Pues ahora yo tengo lo que tú nunca tuviste: un esposo y dos hijos en camino. Gemelos.

Yuisa se quedó quieta, como piedra bajo aguacero. —¿Gemelos?

—susurró.

—Sí —respondió Itiba, con orgullo forzado, aunque en su voz vibraba el miedo. —Y hasta ellos temí que vivieran bajo tu sombra.

Yuisa movió la cabeza despacio, negando, voz rota pero sincera.

—No entiendes, no es una sombra: es una carga. Y si pudiera, Itiba, si pudiera —dijo Yuisa. Le agarró las manos. —Te daría todo. Todo este peso. A cambio de la vida simple que ahora es tuya.

—¿Simple? —murmuró Itiba, mordiéndose el labio.

El silencio volvió, pesado como nube llena, roto solo por la lluvia que caía sobre ramas, ramas que crujían como huesos viejos.

—Eso no tiene que ser bueno —dijo Itiba, y dio un paso atrás, su silueta borrándose en la sombra.

Antes de irse, la miró hondo, con ojos graves como sentencia.

—No vine solo por curiosidad. Los colibríes me dieron una señal y después de lo que hiciste por Natay... —pausó Itiba. —Todos necesitamos de tu protección. Pero no se preocupen. No le diré a nadie que están aquí, en la Gran Ceiba. Nadie sabrá, Nita Yuisa.

Yuisa respiró hondo, sintiendo que un nudo en su pecho se soltaba apenas, aunque todavía ardía la herida.

—Gracias —susurró Yuisa, pero Itiba ya se había perdido en la lluvia, tragada por la noche.

Yuisa quedó sola bajo el árbol, dejando que el agua de lluvia le lavara el rostro, que la tierra le bebiera las lágrimas.

Y cuando al fin regresó al bohío, Alonso aún dormía.

—Cuentan los ancestros que la Gran Ceiba no es árbol cualquiera —dijo Luysa. —No. Es gigante dormido, guardiana de memorias, madre de raíces que abrazan la tierra desde antes que hubiera canto de coquí o suspiro de río.

Allí, bajo el árbol, Yuisa estaba, con la Gran Ceiba al fondo de la plaza. Majestuosa, mientras las brasas del fogón se iban muriendo, *cric-cric*, como corazones cansados.

Yuisa dormía bajo sus ramas, aunque su cuerpo temblaba como palma bajo tormenta. Respiraba hondo, profundo, pero la calma era débil, hilo fino que podía romperse en cualquier soplo.

De pronto, bajó un murciélago desde lo alto.

Fuaaaap, fuaaaap, alas negras abriéndose como sombra de nube. El mismo de Costa Rosa. Se posó en su pecho, y su aleteo fuerte la cubrió como manto, hundiéndola otra vez en sueño pesado, más hondo que el primero, sueño que no era suyo, sino del monte.

—Abuela —suspiró Yuisa, y allí estaba ella. Pero más frágil, más gastada que antes. Su bastón de ceiba apenas la sostenía, y su rostro, ese rostro de sabiduría y guerrera, estaba cansado, como si cada aparición le arrancara un pedazo de vida.

—Mi nieta —dijo Luysa con voz de suspiro y trueno al mismo tiempo—. No sé cuánto más voy a aguantar. Si la muerte me sorprende primero, tienes que escucharme. La profecía entera es tuya. Yaya misma me la mostró. Y aunque me duela, hoy te la paso a ti, para que creas de verdad.

Yuisa alzó la mano, temblorosa, lágrimas apretadas que no se atrevían a caer.

—¡Abuela! ¡No me dejes! —gritó Yuisa pero Luysa negó con la cabeza, despacio, y alzó su bastón de ceiba, el cual voló hacia arriba, y un murciélago se lo llevó.

Y en ese instante el mundo cambió. El aire se llenó de neblina dorada, humo vivo que pintaba figuras, como si los dioses jugaran a soplar memorias en el viento.

La voz de la Gran Abuela Luysa retumbó fuerte, firme, como tambor de mayohuacán en la noche:

—Desde el comienzo, eran dos...

Y se alzaron en el cielo dos ceibas, gigantes, con ramas entrelazadas.

—Pero la semilla de ceiba de una de esas dos será el futuro de Yaya.

Una semilla dorada cayó entonces en la palma de Yuisa, latiendo como corazón vivo.

—Un lazo entre dos podrá unir los antros otra vez.

Y aparecieron dos siluetas: una isleña y un forastero, acercándose, unidos por hilo dorado que brillaba como sol atrapado en telaraña.

—Pero el sacrificio más grande lo hará quien cruce a un mundo que ni debe estar.

El mar se abrió como abismo oscuro, y una figura solitaria lo atravesaba, paso tras paso, deshaciéndose mientras caminaba.

—Porque pa' ganar el gran piélago... tendrán que conocer su semblanza otra vez.

Yuisa se vio a sí misma reflejada en un río. Pero el agua devolvía otro rostro también: parecido y distinto, eco suyo, sombra suya, espejo que la estremecía.

El humo dorado se deshizo, dejando solo el jadeo de Luysa, doblada sobre el bastón, sudor corriendo como ríos por su frente.

—No tengo más fuerzas, Yui... —murmuró Luysa, apenas sosteniéndose—. Grábalo en tu sangre. Yo... no sé si volveré a verte.

—¡No, abuela! —gritó Yuisa, corriendo, pero sus manos pasaron en vano, atravesando humo.

La silueta de la Gran Abuela Luysa la miró una última vez, ojos llenos de ternura y de pesar.

—Todo lo que hice fue pa' que tú vivieras. Ahora te toca a ti, mi Nita —dijo Luysa.

—¿Por qué me llaman Nita? —lloró Yuisa, y el murciélago chilló.

Chiiiic, chiiiic, y el sueño se rompió como totuma contra la piedra.

Yuisa despertó de golpe, bañada en sudor, con el corazón retumbando en el pecho como macana contra roca. Alzó la vista. Allí estaba la Gran Ceiba, detrás, inmensa, implacable.

CAPITAL ISLEÑA

—ENAY, JOMAR, NATAY —SUSURRÓ Yuisa. Su eco se perdía entre los árboles, tragado por el murmullo de las cigarras.

Yuisa caminaba sola entre la maleza húmeda de la Capital Isleña, los pies cubiertos de barro, la mirada perdida entre raíces y hojas. El amanecer apenas se filtraba por las ramas, y cada paso se sentía como si la misma Gran Ceiba la observara.

De repente, algo se movió.

—¿Alonso? —preguntó Yuisa, y escuchó un ruido leve, como de hojas rozándose.

Yuisa giró, lista para defenderse, pero en vez de un enemigo vio una pequeña jutía corriendo hacia ella.

—¿Eh? —murmuró Yuisa, agachándose mientras el animal se le trepaba al brazo, con los bigotitos temblando y los ojos como dos semillas brillantes. —¿Qué haces aquí, pequeñita? —preguntó con una sonrisa cansada. Yuisa nunca había tenido una en el Islote.

El aire cambió.

Una brisa suave, fresca, cargada de sal y flores, sopló detrás de ella.

—Esa jutía no se acerca a cualquiera —dijo una voz grave, dulce y antigua, rompiendo el silencio.

La voz vino desde las sombras de la maleza, grave y pausada, como si el bosque mismo hablara. Yuisa se volvió lentamente, el corazón golpeándole el pecho. De entre los troncos emergió una mujer anciana, como su abuela. Su piel brillaba con el tono del cobre antiguo, y su cabello, blanco como la espuma del mar o la luz de la luna, caía en ondas largas hasta la cintura.

Llevaba un vestido hecho de conchas y caracoles trenzados, que tintineaban suavemente con cada movimiento, y collares de coral y semillas que parecían haber viajado por generaciones. Sus pies desnudos se hundían apenas en la tierra húmeda, sin dejar huella.

La jutía, que aún descansaba en los brazos de Yuisa, chilló suave y se lanzó hacia la anciana, trepándole por el hombro con una familiaridad que desarmó a Yuisa.

La mujer sonrió y acarició al animal con ternura, sus dedos viejos pero firmes. —Esta pequeña lleva casi veinte años de vida —dijo, mirándola con un brillo que parecía recordar más de lo que decía —. Demasiado tiempo para una criatura tan frágil.

—¿Veinte años? —preguntó Yuisa, incrédula. —Eso no es posible.

La anciana soltó una leve risa, como un eco del viento entre las hojas. —Nada es imposible cuando el corazón que la cuida se niega a olvidar.

Yuisa la observó detenidamente.

Había algo en ella, como una presencia que imponía respeto, pero sin miedo, como si el aire a su alrededor se doblara en silencio.

—¿Quién eres? —preguntó Yuisa al fin.

La mujer guardó silencio un momento, mirando al horizonte.

—Algunos me llaman abuela, otros guardiana, otros, como mis hijos, me llaman madre. Pero los que realmente escuchan, los que aún sienten las raíces cantar bajo sus pies, me conocen como Tureiba, la Máxima Abuela.

Yuisa dio un paso atrás, sin saber si debía inclinarse o huir.

—¿La Máxima Abuela? —murmuró Yuisa.

La Máxima Abuela Tureiba la miró con ojos profundos, como si la atravesara. —Ese título pesa menos que el deber, niña. —Hizo una pausa—. Pero sí.

La jutía se acomodó en su hombro y la Máxima Abuela Tureiba siguió hablando, sin apartar los ojos de Yuisa.

—Yo sé que tú no eres de aquí. No del todo. El viento de Isla Grande no te reconoce, y sin embargo —extendió una mano temblorosa hacia ella— puedo mirar dentro de tu corazón. Y lo que veo ahí no pertenece ni al Islote ni a Isla Grande.

Yuisa bajó la mirada, confundida. —¿Qué es lo que ves?

La Máxima Abuela Tureiba sonrió, pero su expresión era una mezcla de ternura y advertencia. —Una luz dormida, una raíz que aún no decide si crecer o quemar lo que la rodea.

El silencio entre ambas se llenó de los sonidos de la maleza: grillos, agua corriendo, el leve suspiro de las hojas.

«¿Y si todo lo que dijo Alonso es cierto?», pensó Yuisa.

La Máxima Abuela Tureiba alzó la jutía entre sus manos, mirándola a los ojos como si le hablara a través del tiempo.

—¿Ella? Le perteneció a mi mejor amiga, mi predecesora. La que enseñó a los suyos a escuchar la tierra, no a dominarla. Lo único que dejó atrás —dijo la Máxima Abuela Tureiba.

Yuisa levantó la vista, con un nudo en la garganta. —¿Y por qué me busca a mí?

La Máxima Abuela Tureiba inclinó la cabeza, y por un segundo, la luz de la luna pareció envolverla entera. —Porque los vientos cambian, y la ceiba despierta cuando su semilla anda perdida.

Y sin decir más, giró lentamente, caminando hacia las piedras cubiertas de musgo que formaban un antiguo monumento.

La jutía seguía sobre su hombro, y Yuisa, con el pecho ardiendo de dudas, la siguió entre las sombras, sabiendo que en esa mujer había más respuestas de las que el mundo estaba listo para oír.

—La que vino antes de mí, mi predecesora —dijo la Máxima Abuela Tureiba.

Yuisa bajó la mirada, con respeto. —¿Ella también era una Máxima?

—Sí —respondió la Máxima Abuela Tureiba, su voz sonaba como el viento entre las ramas—. Y fue ella quien me enseñó que los dioses no siempre eligen a los más fuertes, sino a los que cargan más dolor.

Caminaron juntas, la jutía correteando entre sus pies, hasta que llegaron a un monumento de piedra, cubierto de musgo y raíces.

Tenía talladas figuras humanas y animales: hombres con lanzas, mujeres con coronas de flores, serpientes que se enroscaban en soles y lunas.

Yuisa pasó los dedos sobre los grabados, sintiendo las líneas ásperas. —¿Qué es este lugar? —preguntó.

—El recuerdo de lo que fuimos en un pasado —respondió la Máxima Abuela Tureiba. —Antes de que los nombres cambiaran. Antes de los Máximos y los Grandes, antes de que la guerra y el amor nos dividieran.

Su voz se volvió más baja, como si temiera despertar algo.

—Hubo un tiempo en que las islas del Mar Caribe estaban llenas de cacicazgos que tenían caciques. Hombres y mujeres que mandaban sobre sus aldeas. Pero el poder es como el mar: nunca se sacia. Cada uno quería más tierras, más dioses, más nombres, más recursos, como dicen esos forasteros. Y por poco, por poco todo el Caribe se quemó en una sola guerra.

Yuisa la escuchaba sin respirar.

La Máxima Abuela Tureiba levantó la vista al horizonte. —Hasta que un día, un hombre se alzó entre ellos. No fue un rey, no fue un conquistador, sino un líder. El que llamaron el Máximo de Isla Grande.

Yuisa frunció el ceño. —¿El primero?

La Máxima Abuela Tureiba asintió. —El primero. No mandaba por miedo, sino por respeto. Velaba por todos, incluso por los del Islote. Porque sabía que las raíces de la ceiba no distinguen entre costa, montaña, lago, monte, bosque o río.

El viento se hizo más frío.

La Máxima Abuela Tureiba bajó la mirada hacia los petroglifos, pasando la mano sobre el rostro tallado de un joven. —Pero hace unos años hubo un Nita. Al que llaman el hijo del Máximo. El que debía heredar toda la Isla: el título del Máximo. Y ese Nita, eligió el amor sobre su deber.

Yuisa sintió que el aire se le atascaba en el pecho. La Máxima Abuela Tureiba la miró de reojo, los ojos brillando como si vieran más de lo que debía.

—¿Y qué pasó con él? —preguntó Yuisa.

La Máxima Abuela sonrió, triste. —Pagó el precio de renunciar a su deber, a su nombre, a lo que pudo ser su destino. Y se fue lejos, cruzando el mar hasta un Islote que, con los años, aprendería a venerarlo como un Gran.

Yuisa se quedó inmóvil.

El sonido de las hojas se detuvo. La jutía bajó del hombro de la Máxima Abuela Tureiba y se acurrucó en sus pies.

La Máxima Abuela Tureiba la miró de frente, con los ojos llenos de siglos.

—Tú lo sabes, ¿verdad? Sabes que nada de esto es coincidencia. El amor y la sangre siempre se encuentran, aunque cambien de nombre —dijo la Máxima Abuela Tureiba.

Yuisa no pudo responder. Solo bajó la vista, sintiendo que el peso del pasado se le hundía en los hombros como una raíz viva.

La brisa del bosque se volvió espesa, tibia, y entre los árboles comenzó a escucharse un rumor distante: tambores, voces, el eco del areyto ancestral que vibraba desde algún punto de la Gran Ceiba.

La Máxima Abuela Tureiba acarició la jutía que se acurrucaba en su brazo, y murmuró casi en un rezo. —Las semillas del destino germinan cuando la tierra sangra. Prepárate, mi querida hija de Maní, porque tu raíz está despertando.

Yuisa levantó la cabeza con el corazón apretado.

—¿Qué dijiste? —susurró Yuisa, casi sin aire.

La Máxima Abuela Tureiba sonrió, esa sonrisa leve que parecía conocer secretos que los demás apenas intuían.

—La ceiba me llamó esta noche. Sus raíces me hablaron de ti. Ahora disfruta el areyto, después de todo, era lo que Luysa más anhelaba —dijo la Máxima Abuela Tureiba despacio, con voz que temblaba entre la nostalgia y la certeza.

Yuisa se quedó helada.

Sintió que algo dentro de ella se abría, una grieta que dejaba salir recuerdos y nombres que jamás había pronunciado en voz alta.

—¿Tú... conociste a mi abuela? —preguntó Yuisa, con un hilo de voz.

—¿Conocerla? —repitió la Máxima Abuela Tureiba, mirando hacia el horizonte. —Luysa era más que mi hermana del alma. Éramos dos raíces nacidas del mismo suelo, separadas por la marea del tiempo. Ella soñaba con el areyto eterno, aquel donde los dioses y los mortales bailan sin miedo ni jerarquía. Decía que si alguna vez volvía a escuchar ese canto, el mundo renacería.

La jutía se movió, como si reconociera el nombre.

La Máxima Abuela Tureiba la sostuvo y la miró con ternura antes de volver a posar sus ojos sobre Yuisa.

—No te preocupes —dijo la Máxima Abuela Tureiba, con voz suave pero cargada de peso. —Jamás volvería a traicionar a la que alguna vez fue mi mejor amiga.

Yuisa quiso hablar, pero las palabras se le atoraron en la garganta. El viento se alzó, levantando las hojas secas a su alrededor, y el tambor lejano del areyto creció en intensidad.

—¿A dónde vas? —preguntó Yuisa, dando un paso hacia ella.

La Máxima Abuela Tureiba se giró lentamente, la luz de la luna tiñéndole el cabello de plata pura. —A seguir el canto. El areyto me llama, y cuando los dioses nos convocan, una no puede negarse.

La jutía bajó de su hombro y desapareció entre las raíces, siguiéndola. La Máxima Abuela Tureiba avanzó hacia la maleza, y con cada paso, su silueta parecía desvanecerse entre la neblina y un murciélago gigante la persiguió con algo en sus patitas.

Pero antes de perderse del todo, su voz volvió, flotando entre los tambores, los grillos y la noche.

—Las semillas despiertan cuando la sangre llama, y el areyto nunca muere, solo espera a que alguien lo escuche otra vez. Y recuerda: tómalo por mí, no hay nada más triste que la tragedia de morir sin vivir.

Cuando la voz de la Máxima Abuela Tureiba se apagó entre la neblina, Yuisa sintió que el monte respiraba distinto. La noche cedía, y el rumor de tambores, al principio distante, empezó a crecer entre las raíces.

El areyto de Isla Grande resonaba con fuerza aquella noche.

Canto y baile entrelazados en una sola respiración. Los tambores marcaban el pulso del monte y del mar; las maracas caían como lluvia sobre la tierra; las voces subían al aire, largas, graves, mezclándose con el viento.

Entonces, entre la multitud, apareció él.

—¡Vencimos a los aldeanos! —canto el mismo panzón manatí del batey, calvo, envuelto en collares de concha y plumas y todos los isleños gritaron.

El envuelto en collares de concha y plumas, el rostro pintado con líneas azules que se confundían con las venas del cuello. Caminó hasta el centro del batey y, con una voz gruesa como tambor viejo, empezó a cantar.

El Batey de la Gran Ceiba ardía de vida. Las antorchas formaban un círculo de fuego, las sombras danzaban sobre las piedras talladas, y el suelo temblaba bajo los pasos del pueblo que bailaba sin descanso.

Yuisa avanzaba entre la multitud con una cesta pequeña entre las manos. Dentro, una raíz tostada, pelada y aún humeante, su aroma amargo y terroso recordaba los montes del Islote. Caminaba con cuidado, observando los rostros sudados, los cuerpos girando, el fervor de los isleños que celebraban su triunfo como si el mismo cielo los aplaudiera.

Sintió una mano en su hombro.

—¡Yui! —gritó Alonso, tomándola por los hombros. La giró un poco, buscándole el rostro entre las sombras del fuego. Sus manos recorrieron sus brazos, su cuello, la parte descubierta del costado, buscando rasguños, marcas, cualquier herida—. ¿Estás loca? Me despierto y no estás. El bohío vacío, la hamaca fría. Casi salgo corriendo a buscarte a todas partes. ¿Y te da con irte por ahí sola?

Yuisa apenas alcanzó a sonreír. —No quería perderme de esto.

—No es momento pa' ver nada —replicó Alonso, todavía sin soltarla. Por un instante, se le olvidó cómo respirar.

La miraba con el ceño fruncido, el pulso tenso, los dedos temblándole contra la piel, como si no terminara de creerse que estaba entera.

Yuisa levantó una mano y la apoyó sobre la de él, bajándola despacio. —Estoy bien. Mírame. Ni un rasguño.

—Eso no es excusa, Yui —dijo Alonso, con la voz más baja pero aún tensa—. Me levanto y no te encuentro. Pensé que te habían llevado.

Ella lo miró a los ojos, fija, sin miedo. —No podía dormir. Tenía que ver lo que pasaba afuera. No vine a esconderme.

Él la soltó al fin, respirando hondo. —Yui, yo no sé qué haría si te pasara algo —dijo Alonso, y el fuego crepitó entre los dos.

Alonso la soltó poco a poco, bajando las manos con un suspiro que le pesó en el pecho. Yuisa aprovechó ese espacio y extendió un pedazo envuelto en hojas.

—Ten —dijo Yuisa, tendiéndole un trozo. Pero antes de que pudiera advertirle, Alonso ya lo había mordido.

—¡Eh! —exclamó ella, con los ojos abiertos—. ¿Desde cuándo comes esto así, sin preguntar?

Alonso se encogió de hombros, masticando despacio.

—Por poco me matan la última vez que dije que no —contestó Alonso, con media sonrisa.

—¿Quién te ofreció yuca brava? —preguntó Yuisa, cruzándose de brazos.

—La Gran Abuela —contestó Alonso, y el aire se volvió espeso.

El rostro de Yuisa cambió. Pensó que fue Itiba.

Los ojos se le aguaron, como si un recuerdo invisible le apretara el pecho.

—La Gran Abuela... —repitió Yuisa, casi para sí.

Alonso la miró con ternura.

—No debí decirle que no —murmuró Alonso, apartando la vista, como si esa culpa aún le pesara.

Yuisa lo observó, con una mezcla de tristeza y afecto.

—Sabes, estar conmigo todo este tiempo, mantenerme viva... —dijo Yuisa con voz temblorosa. —Yo creo que ella y mi padre no tendrían problema.

Alonso arqueó una ceja, sorprendido. —¿Con qué?

El reflejo del fuego en los brazaletes le recordó el resplandor en la cueva. Era el mismo calor que había sentido en su piel cuando

Alonso la tomó entre las llamas.

—Con nosotros —dijo Yuisa.

Fue la primera vez que lo dijo.

Nosotros.

La palabra cayó entre ellos como una chispa encendiendo un fuego nuevo.

Alonso no respondió de inmediato. Solo la miró, los labios entreabiertos, como si no supiera si besarla o agradecerle.

El areyto seguía rugiendo a su alrededor: el tambor, el canto, las risas, las sombras danzantes.

Por un momento, fue como si el mundo los envolviera en un mismo latido. Yuisa sintió que por fin podía haber un «nosotros», que no todo estaba perdido.

Entre los tambores, Yuisa notó movimiento entre las palmas. No eran bailarines.

—¡Yuisa! —una voz cortó el aire como un cuchillo, y le apretó el pecho al oír su nombre

Kairani apareció entre la multitud, sin su cinturón de colmillos de jicotea, el rostro cubierto de sudor y una herida abierta en el brazo que manchaba su taparrabo.

Tras ella, Oruyán, con el pecho pintado, su barba trenzada de lado y una lanza de hueso corta.

—Tienen que irse —susurró Kairani con urgencia, empujándolos hacia la maleza.

—¿Qué pasa? —preguntó Alonso.

Oruyán miró hacia el Batey, donde algunos guerreros

empezaban a alzar antorchas.

—Ya saben quiénes vienen, ¿verdad? —dijo Oruyán, mirando a Yuisa directamente. —Y no todos están de acuerdo con tener a la hija del Gran Maní aquí.

Yuisa apretó la mandíbula. —¿Y ustedes?

—Nosotros apoyamos al Islote —respondió Kairani sin dudar —. Los hijos de Yaya no olvidamos quién dio su sangre por la tierra.

Oruyán dio un paso al frente, bajando la voz. —Escuchen bien. Los aldeanitos están en las celdas, detrás del Caney del Máximo. Pero no hay tiempo. En cuanto el areyto acabe, los buscarán a ustedes.

Yuisa miró a Alonso, y él ya lo sabía.

No había otra opción.

—Entonces iremos por ellos ahora —dijo Yuisa, apretando los brazaletes.

CUEVA SAGRAL

—POR AQUÍ —SUSURRÓ ALONSO tomando la delantera.

El aire del areyto aún vibraba en sus cuerpos cuando Yuisa y Alonso se escabulleron entre la multitud después de esperar la distracción perfecta. Los tambores seguían retumbando a lo lejos, pero cada paso que daban los alejaba del calor de la fiesta y los adentraba en el frío de la incertidumbre.

La noche estaba espesa, llena de sombras que se movían como si respiraran.

El camino hacia las celdas no era como Kairani y Oruyán habían descrito.

Las palmas crecían más densas, el suelo estaba húmedo, y los susurros del viento parecían murmullos en una lengua que solo el monte entendía.

Yuisa miraba en todas direcciones, nerviosa.

—Nos estamos alejando, esto no parece el camino —dijo Yuisa.

—Yui, es lo que dijo Kairani y Oruyán, seguir el tambor más

bajo —contestó Alonso, aunque él también parecía dudar.

¡*Fru, frú*! Yuisa gritó, sobresaltada, al aleteo de una cotorra verde vibrante, como los mejores árboles de Monte Verde, con su pecho dorado. Revoloteando sobre ellos, dando círculos exactos, como si los estuviera guiando.

—Yui, ¿pa' dónde vas? —preguntó Alonso, pero Yuisa siguió la cotorra con la mirada mientras ella se alejaba volando entre los árboles, hasta detenerse frente a una cueva.

Dos antorchas encendidas flanqueaban la entrada, iluminando las paredes con sombras danzantes.

—¿La ves? —dijo Yuisa, boquiabierta.

—Sí —Alonso apretó la mandíbula. —Se parece a la Cueva Sagrada del Islote.

—Pero aquí tiene otro nombre —dijo Yuisa.

—Yui, deberíamos ir a las celdas.

—Siento que deberíamos estar aquí.

El corazón le comenzó a latir con fuerza. El fuego temblaba en las antorchas, proyectando figuras sobre las piedras que parecían moverse al compás de su respiración.

Entraron despacio. El suelo estaba cubierto de arena y pequeñas huellas de animales. El aire olía a humedad, resina y algo más, como incienso antiguo.

Caminaron en silencio, guiados solo por la luz vacilante de las antorchas.

La cueva se estrechó hasta convertirse en un pasillo de piedra. Y al final, un espacio amplio, vacío.

Nada.

Yuisa frunció el ceño. —Aquí no hay nadie ni nada.

Alonso levantó la antorcha más alto. —Te dije que debimos haber ido hacia las celdas.

—Pero mira —dijo Yuisa, señalando las paredes cubiertas de grabados que parecían moverse bajo la luz.

Yuisa cerró los ojos un instante, y entonces lo sintió: los sonidos.

No voces, sino gruñidos, silbidos, chillidos lejanos.

—¿Escuchas eso? —preguntó Yuisa, con la respiración temblando.

—No escucho nada, Yui. ¿Qué oyes tú? —preguntó Alonso, dando un paso hacia ella. Le resultó extraño que, aún con su habilidad, no pudiera escuchar nada. Solo el silencio.

Una corriente de aire le rozó el cuello a Yuisa, helada. Sintió el suelo latir bajo sus pies.

«Ya mismo nos conocemos, Yuisa», dijo una voz que sonaba detrás de ella. Cuando Yuisa se volteó todo se volvió negro puro. Luego, una luz blanca en la distancia, en forma de círculo, apareció; otra, de color naranja, emergió desde la derecha hasta observar una boa gigantesca. Yuisa gritó, pero luego vio a Alonso parado frente a ella en la cueva.

—¿Qué escuchaste? —preguntó Alonso. Yuisa iba a responder, pero un eco profundo resonó detrás de ellos.

—¿Buscaban esto? —preguntó una voz familiar, firme, joven, pero cargada de arrogancia.

Yuisa giró de golpe y allí, de pie en la entrada, Nita Cao.

El reflejo de las antorchas hacía brillar el oro de su yuke y el sudor en su pecho desnudo. En su mano sostenía un cemí que brillaba con un resplandor azul oscuro, como si respirara.

—No creía que fuera tan fácil capturarlos aquí —dijo Nita Cao, con media sonrisa.

Yuisa dio un paso al frente, la ira cruzándole el rostro. —¿Qué has hecho con los aldeanitos?

Pero antes de que Nita Cao pudiera moverse, una voz más grave y vieja llenó el aire.

—Por fin conozco a la grandiosa Yuisa —dijo alguien desde las sombras y doce figuras emergieron del fondo de la cueva.

Guerreros con antifaces de oro, altos, imponentes, sosteniendo lanzas de obsidiana y antorchas encendidas. Entre ellos caminaba el general con panza de calabaza, Worayo.

—Turey —murmuró Alonso, su piel reluciendo bajo la luz del fuego.

—¿El Máximo? —suspiró Yuisa.

—Bienvenida a Cueva Sagral, hija del Gran Maní —dijo el Máximo Turey con voz profunda. Cada palabra que salía de su boca pesaba como piedra. —Yo soy el Máximo Turey.

Yuisa apretó sus brazaletes, pero Alonso le sujetó la muñeca.

—Sabía que no tenían escapatoria —dijo Worayo. El Máximo Turey levantó una mano, y los doce guerreros los rodearon. —Buena estrategia, Nita Cao.

—El batú no era solo para jugar —respondió Nita Cao, haciendo girar el cemí entre sus manos.

—Lleven a nuestros invitados a las celdas —ordenó el Máximo Turey y los guerreros se movieron hacia Yuisa y Alonso.

—Los dioses tendrán su ofrenda mañana —añadió Worayo con una sonrisa fría.

CELDA ISLEÑA

—CUIDADO CON MI PELO —dijo Alonso mientras los guerreros del Máximo Turey los arrastraron a ambos por el pasillo empedrado, entre sombras y ecos de tambores que se confundían con los truenos.

Yuisa trató de resistirse, pero el golpe de una lanza en el costado la hizo doblarse.

—¡Yui! —gritó Alonso; intentó levantarla, pero otro guerrero lo empujó con el pie, haciéndolo tropezar sobre el barro del suelo.

El metal del portón chirrió con un sonido grave, como un gemido de bestia cansada. De un empujón los arrojaron dentro. Cayeron sobre el suelo frío, húmedo, cubierto de tierra y gotas que caían desde el techo.

El portón se cerró tras ellos con un golpe seco.

¡Clang!

Los pasos de los guerreros se alejaron, fundiéndose con el rugido de la tormenta que azotaba la Capital Isleña.

La celda olía a hierro mojado y a piedra cansada de siglos.

Tac... tac... tac... Las gotas marcaban un compás lento, como un tambor apagado que aún quería sonar.

Yuisa respiró hondo, tratando de no toser por el olor a humedad.

Bruummm. Afuera, la lluvia rugía con furia.

El trueno recorrió el suelo hasta el rincón oscuro donde estaban, hombro con hombro, atados con sogas ásperas que les mordían la piel.

Alonso levantó la vista hacia el techo que lloraba. Dejó que una gota le cayera en la frente y sonrió apenas.

—Si lo piensas, es como si estuviéramos en Cascada Escondida —murmuró Alonso, la voz arrastrando el recuerdo de aquella tarde.

Yuisa lo miró, sin entender cómo podía sonreír en medio de tanta oscuridad.

—¿Cómo logras eso? —preguntó Yuisa.

—Yui, de nada vale ahogarse si aún hay aire —contestó Alonso, tocando el metal. Él siguió, con tono más bajo, casi hablando consigo mismo. —Estas paredes... —dijo, observando las grietas del muro—. No son como las de aquí. La piedra fue cortada a la manera de mi gente. Estas celdas... las construyeron forasteros.

—¿Forasteros? —preguntó Yuisa, frunciendo el ceño.

Alonso asintió, la voz amarga. —Sí. Ellos tuvieron que ayudarlos. Los isleños no saben forjar hierro así. Mi tierra siempre deja su marca donde no debe.

El silencio se alargó.

La lluvia siguió golpeando el techo, como si quisiera borrar esas palabras. Yuisa cerró los ojos y apoyó la cabeza contra la pared.

—Entonces no solo nos tienen prisioneros —dijo Yuisa en voz baja. —También tienen presos los cuentos.

Alonso giró hacia ella. Por un instante, su sonrisa volvió, pequeña y cálida.

—Tal vez —susurró Alonso. —Pero la historia todavía respira, mientras tú sigas viva. La semilla.

El trueno rugió otra vez, y la celda tembló.

El eco de la tormenta de afuera se mezcló con la respiración de ambos, como si el mundo entero estuviera conteniendo el aliento, esperando el próximo paso.

Yuisa lo miró de lado, los labios apretados, entre rabia y ternura. —En serio, ¿cómo lo haces?

—¿Cómo hago qué? —preguntó él, y sonrió sin saber que su sonrisa era como candela para ella en medio de tanta oscuridad.

—Eso... —dijo Yuisa, bajito—. No importa cuán malo sea algo, siempre sacas algo bueno pa' decir.

Alonso se inclinó, despacio, como brisa que aparta ramas. Con la mano le recogió los mechones húmedos que se le pegaban a la frente, y le dio un beso breve, un beso tibio sobre la piel fría. Luego, apoyó la quijada sobre su cabeza, como si en ella encontrara descanso.

—Yui, la vida es muy linda pa' vivirla pensando solo en lo negativo —susurró Alonso, y sus palabras parecían chispear como brasas en la noche.

Yuisa suspiró, y con sus dedos empezó a jugar con el único pelo que Alonso tenía en medio del pecho, enredándolo como quien enreda un pensamiento. —Pero estamos en una celda... en Isla Grande —dijo con la voz temblorosa, como cuerda de mayohuacán. —Y creo que pronto vamos a conocer a Yaya.

Entonces, el silencio cayó. Y era un silencio pesado, más fuerte que la lluvia, más profundo que los truenos. El golpeteo en el techo de palma se fue quedando lejos, muy lejos, como si el mismo mundo aguantara el aliento para escuchar lo que no se decía.

—Alonso, quisiera volver a aquella hamaca —confesó Yuisa, tan bajito que parecía hablarle al recuerdo.

—Yui —empezó Alonso, inclinándose hacia ella, pero ella lo calló con un dedo en sus labios mojados.

Un silencio espeso los cubrió, como manto de neblina. Hasta que Yuisa, casi sin querer, dejó escapar una risita suave, como campana pequeña que rompe la oscuridad.

—¿Te acuerdas? —preguntó Yuisa.

Alonso arqueó una ceja. —¿De qué?

—De cuando quisiste ponerme zapatos —dijo Yuisa, tapándose la boca, conteniendo la risa como niña traviesa hasta que le puso los pies llenos de barro en su pecho.

Alonso soltó una carcajada bajita, moviendo la cabeza, recordando cómo si hubiera sido ayer, bajo la luna de Costa Azul que bajaba lento, entre hamacas y risas.

—Esto no pasaría si tan solo te los hubieras puesto —bromeó Alonso, mientras Yuisa lo miraba con picardía y se acomodaba mejor en su hombro. Rodrigo en la distancia bebiendo el ron que produjo de su propia caña de azúcar.

—¿Pa' qué? ¿Pa' qué yo quiero zapatos? —preguntó Yuisa, estirando los dedos descalzos, como quien presume un tesoro—. ¿Pa' tener los pies de bebé que tienes tú?

Y allí, entre lluvia y truenos, entre sogas y paredes que lloraban sal, los dos se rieron bajito.

Y aunque estaban en una celda, aunque estaban en Isla Grande, por un instante, parecía que la libertad cabía entera en el roce de esas risas.

Ejem, ejem. Alonso fingió ofensa. —Aún tengo pies de bebé y, ¿sabes qué? No pasa nada.

Pero Alonso acabó cogiéndole los pies a Yuisa entre sus manos grandes, manos curtidas de lucha y de río. Los sostuvo con cuidado, como si fueran dos frutas recién caídas de la palma. De un bolsillo sacó un frasquito pequeño, de barro viejo, con ungüento espeso preparado con recetas de la sabia, la Gran Abuela Luysa. Al destaparlo, un aroma de yerbas frescas, de ruda, de menta y de hojas secas llenó la celda como si entrara el mismo monte.

—Terca igual que tu abuela —murmuró Alonso, pero no con reproche, sino con cariño, frotándole el ungüento en la piel gastada, como piedra de río.

Yuisa cerró los ojos un instante. Sentía el calor de esas manos viajando por sus pies, el roce fuerte pero tierno, como macana que protege y no golpea.

—No me compares con ella; a ella nadie la manda —respondió

Yuisa con voz entrecortada, como brisa que se resiste.

Alonso sonrió, inclinándose más, dándole un masaje lento, mientras afuera el sol se despedía, tiñendo el cielo de naranja y violeta. El día moría, pero el cielo ardía todavía.

—Y a ti tampoco, Yui. Eso lo aprendí desde el primer día.

Ella lo miró de reojo, recostándose mejor en el suelo seco, disfrutando de esa terquedad compartida. El recuerdo dulce se mezcló con la lluvia que golpeaba afuera, *tic-tac, tic-tac*, y por un momento, por un soplo breve, el dolor cedió bajo la memoria de un amor simple y verdadero.

El silencio pesaba. Las gotas seguían cayendo desde el techo, marcando el compás de algo que parecía morirse con ellos.

Yuisa levantó la vista y, sin darse cuenta, los ojos se le llenaron de agua.

—Perdóname... —susurró Yuisa. —Debimos estar allí, bajo Caracaracol, mientras todo se derrumbaba.

Su voz tembló, frágil como hilo mojado, y se le quebró antes de llegar al final.

Alonso la miró largo rato, sin poder decir nada. El silencio entre ambos se volvió más fuerte que las paredes de piedra, más hondo que el trueno afuera.

La respiración de Alonso se cortó un instante, y sus labios se movieron apenas, como si temiera que el mundo lo escuchara. —Daría lo que fuera por otro beso tuyo en un amanecer en el Islote —dijo, la voz quebrada. —Porque no sé si me alcance el tiempo.

Yuisa lo miró, confundida al principio, hasta que notó cómo los ojos de Alonso se empañaban.

Las lágrimas caían sin permiso, deslizándose entre la mugre y la sangre seca de su rostro.

—No quiero perderte, Yui... —susurró Alonso, mordiéndose los labios. —No otra vez. No como perdí a mi madre.

—¿Tu madre? —preguntó Yuisa, acercándose.

Alonso tragó duro.

—La vi alejarse en un barco cuando yo era solo un niño... —dijo Alonso, la voz hecha ceniza. —Yo me quedé en el muelle, gritando su nombre, y el mar se la tragó como si nunca hubiera existido. Desde entonces, todo lo que amo termina hundiéndose en el fondo del mar. Primero ella, ahora tú.

Yuisa lo tomó de la cara, con fuerza. —Mírame.

Él la miró, con los ojos rojos y húmedos.

—No vas a perderme, Alonso. Yo soy quien te salva a ti. Recuérdalo. No es al revés. —dijo Yuisa, su voz se endureció, temblando por dentro, pero firme. —Yo te salvaré, aunque el mar, los dioses y las guerras digan otra cosa.

Y por un instante, el mundo pareció detenerse.

Solo el sonido de la lluvia los envolvía, tibia y distante, como un recuerdo de la Cascada Escondida.

Y justo cuando Alonso iba a responderle, *¡CRASH!* un estruendo rompió la calma. El portón de hierro se abrió de golpe.

—Yui —empezó Alonso, cuando cuatro guerreros irrumpieron, empapados, con antorchas que chispeaban bajo la lluvia que se colaba del techo.

—¡Al suelo! —gritó uno.

Yuisa se levantó de golpe, lista para pelear con sus brazaletes dorados. Pero no tuvo tiempo. Dos guerreros se lanzaron sobre Alonso, lo sujetaron de los brazos y lo arrastraron fuera.

—¡Alonso! —gritó Yuisa, forcejeando, pero otro soldado la alcanzó de lado.

El puño del guerrero impactó contra su rostro.

Un chasquido seco. El mundo se nubló, giró, y el suelo la abrazó de golpe. Su cuerpo quedó inmóvil sobre la tierra húmeda, mientras la puerta volvía a cerrarse.

¡Clang!

—¡Yui! —el último sonido que escuchó antes de que todo se apagara.

Dicen los curanderos que hasta las piedras lloran sangre, que hasta las paredes guardan memorias antiguas.

Así era la otra celda donde metieron a Alonso: chiquita, apretá, apenas cabía sentado sin que las rodillas chocaran la puerta. No era cárcel de hierro, no. Eran listones de palma reseca, bejucos oscuros apretados, oliendo a humedad y a siglos de encierro. Y las paredes de piedra lloraban sal, gota tras gota, como si supieran lo que era atajar a un hombre que nació pa' correr libre como río.

La antorcha del pasillo chisporroteaba y las sombras se estiraban como culebras por el suelo. Fue entonces que se escuchó el roce de pies descalzos. Entró ella, mujer hecha de silencio y de historia.

Alonso ni levantó la cara. Tenía los codos en las rodillas, las manos cubriéndole la nuca.

—¿Viniste a juzgarme? —murmuró Alonso con voz cansada.

—No —dijo ella mientras con su mano sus guerreros salieron tras dejar un duho en la celda. —Vine a entender por qué ella confía tanto en ti.

Esa voz no era ni dura ni suave, era mezcla, canto viejo olvidado a medias, canción que al oírla otra vez dolía.

Alonso alzó los ojos. —¿Ella? ¿Yuisa?

—Sí —respondió la mujer. —Mi hija.

Y ahí fue que se dio cuenta.

Esa mujer tenía los mismos ojos de Yuisa, sí, pero no la misma mirada ni el pelo. Los de Yuisa ardían como fogón buscando hacer, cambiar, arder. Los de ella eran brasas viejas, cansadas, pero vivas todavía y su pelo, un rojizo ardiente.

—No sabía que ella tenía madre —dijo él, rascándose el mentón. —Nunca habla de ti.

Ella asintió lento, como quien ya se acostumbró al peso.

—Porque nunca estuve —dijo ella mientras se pasaba sus manos por la pared. —Ysabel nunca estuvo en las vidas de sus hijos.

Alonso tragó hondo, y una risa amarga se le escapó. —Yo no me puedo imaginar ni quisiera sentir que es no estar sin ella.

—Espero que nunca lo sepas.

—No sé qué es peor: si extrañarla o necesitarla.

La frase quedó flotando en el aire como humo de tabaco, lento, denso. Ysabel caminó hasta la celda y se agachó. Su rostro, a la luz del fuego, era mapa de tiempo y remordimiento.

—Yo la extrañé todos estos dieciséis años —susurró Ysabel, con voz que no temblaba. —Haz todo lo posible por no extrañarla, si no estar ahí con ella.

Las palabras le cayeron a Alonso como piedra lanzada al agua profunda.

Ysabel bajó la mirada, y su voz cambió.

Se volvió lenta, vieja, como si hablara desde un bohío que ya no existe. —¿Sabes por qué te entiendo? Porque yo también fui forastera.

Alonso levantó la cabeza, incrédulo.

—No vine de Isla Grande, ni siquiera del Caribe. Mucho menos de donde tú vienes. Pero sí vine de lejos, de un mundo sin canto de coquíes, sin montes que respiran, sin mares que cuentan cuentos. Allá me dieron un nombre que ya no nombro, un título que ya nadie recuerda. Allá me vendieron como carga, me desearon como adorno, me amaron como flor, me soltaron como pluma al viento —pausó Ysabel, se tocó el pecho, donde un colgante roto colgaba como cicatriz. —Me han dicho muchas cosas, Alonso: doncella, esposa, bruja, traidora, madre. Pero siempre, siempre lo que otros quisieron que fuera, nunca lo que yo era de verdad.

El silencio volvió a cubrirlos.

Pero no era vacío: era niebla, era peso, era memoria viva.

—¿Y ahora? —preguntó Alonso, casi en un suspiro.

Ysabel lo miró con calma. —Ahora solo soy Ysabel. La que no quiere que su hija herede más heridas. La que cree que, aunque cargues maldiciones, todavía puedes elegir a quién no traicionar.

Entonces sacó de entre sus ropas una daga pequeña, mango de hueso tallado. Con un *chas* seco cortó el bejuco de la cerradura. La puerta se abrió con un *crrrac* largo, como si no fuera celda, sino destino lo que cedía.

Alonso se puso de pie, temblando. —¿Por qué me ayudas?

Ysabel lo miró con ojos que ya habían perdido demasiado. —Porque ella cree en ti. Y yo también quiero creer. Pero si vas a estar cerca de Yuisa, no puedes seguir huyendo de tu sombra.

Alonso bajó la cabeza. Su sombra se alargó tras de él como perro hambriento, esperando que corriera.

La bestia.

—¿Y si soy parte de la maldición?

Ysabel habló firme. —Entonces quédate cerca, pa' que no la enfrente sola.

El primer sonido que Yuisa escuchó fue el de una gota cayendo.

Tac.

Tac.

Tac.

El eco le retumbaba dentro de la cabeza como si alguien martillara desde adentro. Abrió los ojos lentamente, sintiendo el cuerpo entumecido, la piel pegada al suelo húmedo. El aire olía a hierro y a piedra vieja, con un dejo de moho que quemaba la garganta.

Intentó levantarse pero le dolía todo. Como si tuviera el doble de su edad. Los brazos, la espalda, hasta el cuello. Cuando su vista se aclaró un poco, notó algo que le heló el pecho.

La puerta de su celda estaba abierta.

Por un segundo pensó que soñaba, que seguía atrapada en el mismo delirio de cansancio y locura. Pero no.

La rendija por donde entraba la luz de una antorcha era real. Se arrastró hasta la entrada, con el corazón retumbando como tambor de guerra.

Allí, justo en la cerradura, algo le llamó la atención.

Un hilo fino, enredado en el metal. Lo tomó con cuidado. Era un cabello jengibre, un poco cobrizo, que brilló un instante con la luz vacilante de la antorcha.

Yuisa lo sostuvo entre los dedos.

Lo conocía.

Ese color, esa textura, ese brillo.

—¿Gustín? —susurró Yuisa, apenas respirando.

El aire se volvió más denso, como si las paredes escucharan su nombre. Sin perder tiempo, salió de la celda.

La humedad le caló hasta los huesos mientras avanzaba por el pasillo estrecho, donde la piedra chorreaba agua desde el techo y el eco de los guardias se perdía entre los túneles.

Las celdas estaban alineadas a ambos lados, algunas vacías, otras con sombras que temblaban al ritmo de la antorcha más cercana.

Yuisa caminaba de puntillas, conteniendo el aliento, mientras su mente hervía con preguntas.

«¿Quién me liberó? ¿Dónde está Gustín? ¿Dónde está Alonso? ¿Dónde están mis aldeanitos»

El murmullo lejano del areyto llegaba desde la Capital Isleña, amortiguado, como si el canto de los dioses se colara entre las piedras.

—Juriquillos, ¿hasta cuándo es ese areyto? —murmuró Yuisa y avanzó un poco más, pasando una celda donde un isleño dormía y otra donde solo quedaban huesos.

La puerta abierta seguía esperándola adelante, como una promesa o una trampa.

Y, con el cabello jengibre todavía entre los dedos, siguió caminando.

Hacia la oscuridad.

Hacia la verdad.

El eco de los pasos de los guerreros se perdía en los túneles, mezclado con el murmullo de los tambores lejanos del areyto.

La luz de una antorcha se filtraba débil por una rendija. Yuisa se acercó en silencio, agachada, cuidando de no pisar ramas secas.

Desde el otro lado, dos voces se oían discutir.

—¿Por qué hacen esto, Suray? —dijo uno, con la voz firme y conocida para Yuisa. Ella contuvo la respiración.

—¿Dacayro? —suspiró Yuisa.

—Sabes que todos somos hijos de Yaya. —continuó Dacayro, su tono más desesperado que enojado.

—Ellos prometieron que no nos atacarían si hacemos esto por ellos —respondió Suraybo, con un gruñido contenido, bajando la voz.

Yuisa reconoció la voz.

Era el isleño de los Conucos, el mismo que había visto entre las plantaciones. Pero, no sabía si era ese de los ojos de boa.

Su piel brillaba por el sudor, y en su cuello colgaba un colmillo ennegrecido por el fuego.

—Echa pa'l monte. ¿Y le creíste a tu querido Máximo falso? — replicó Dacayro con veneno—. ¿A ese que entrega su propia gente a los forasteros?

—¿Qué? —murmuró Yuisa, Suraybo apretó el metal de la celda.

—¿Y qué ha hecho tu Gran Maní por nosotros, eh? —preguntó Suraybo, levantando la voz. —Nada. Ni siquiera pudo salvar su propia Plaza.

El silencio fue un golpe.

Yuisa dio un paso al frente, su sombra cayendo sobre ellos. La rabia le ardía en el pecho.

—Más de lo que tú harás en toda tu triste vida —dijo Yuisa, su voz cortó el aire como una lanza.

Suraybo giró pero antes de que pudiera reaccionar, Yuisa lo desarmó.

«Doble brazalete», le dijo la voz y su cuerpo se movió como le había enseñado la voz.

El isleño cayó al suelo, jadeando.

—¡Yuisa! —gritó Dacayro, arrodillándose en su celda —¡Ese es mi hermano!

Yuisa lo miró sin vacilar, el pecho subiendo y bajando con fuerza. —Por lo menos uno de los dos salió bien.

Dacayro apretó los dientes, pero una chispa de respeto cruzó por sus ojos.

Ella lo empujó hacia la celda más cercana, donde el candado oxidado colgaba sin fuerza y con un giro rápido de su brazalete, lo rompió. El metal cayó al suelo, sonando como un trueno.

Dacayro quedó libre.

Sus brazaletes dorados reflejaron un destello que pareció despertar a la tierra misma.

—Necesito que busques a todos los aldeanos —ordenó Yuisa, respirando agitada. —Sáquenlos de aquí. Los forasteros vienen.

Dacayro se quedó inmóvil un segundo, observándola. —Maní estaría tan orgulloso. El fuego en los ojos igual al de los antiguos guerreros. —Pero no nos vamos sin ustedes. —dijo, con voz baja y firme.

Yuisa lo miró confundida. —¿Ustedes?

Él sonrió apenas, como quien guarda un secreto que pesa. —El Gran Maní está aquí y muchos de los nuestros. Los guerreros que sobrevivieron. Nos escondimos bajo el barro esperando la señal.

El corazón de Yuisa dio un vuelco. —Entonces búscalos. Reúnelos. Yo voy por mis aldeanitos.

Dacayro colocó una mano sobre su hombro. —Que Yaya te guíe, hija de la ceiba.

Yuisa asintió sin mirarlo, girándose hacia el pasillo oscuro.

El eco de su voz quedó flotando mientras él desaparecía entre las sombras. El sonido de los tambores del areyto volvió a oírse a lo lejos, más fuerte, más frenético.

Yuisa apretó sus brazaletes.

Sus pasos se perdieron entre la oscuridad del túnel, guiada por el pulso invisible de los dioses y por el recuerdo de los aldeanitos que juró proteger.

Algo iluminado por antorchas que chisporroteaban *shhh... crack... shhh*. Iba a girar, iba a volver, cuando escuchó voces. Se pegó contra la piedra fría, conteniendo el aire como si su pecho fuera mar detenido.

—¿Qué? —suspiró Yuisa, vio que estaban allí, en medio de la celda secreta, estaban Gustín y Nita Cao.

El Nita Cao brillaba bajo la luz del fuego, torso desnudo, sudor cayéndole como río, apenas cubierto por cuero viejo. Gustín, en cambio, parecía cargar siglos en los hombros, como ceiba doblada por tormenta.

—Crecer con ellos, con los forasteros... —dijo Gustín, la voz rota, rota como caracol pisado—. Fue crecer sin ser elegido. Terminé haciendo de todo, de todo, pa' no sentirlo más. Quise cumplirle el deseo a mi padre, pero... no podía.

Nita Cao lo miró fijo, con esa mirada de lanza, de machete, de río bravo. Una mirada capaz de callar hasta el bullicio de un batey lleno de voces.

Y entonces, sin pensarlo, se acercó, le tomó las manos a Gustín, y las apretó como si fueran raíces entrelazadas.

—¿Ellos? —murmuró Yuisa.

—¿Sabes? —dijo Nita Cao, con voz que temblaba pero era honesta—. Ser el Nita en Isla Grande es lo mismo. No poder elegir a quién amar, ni ser elegido por el primer amor.

Las antorchas parpadearon. El viento del túnel suspiró como viejo tambor.

—¿Ya tienes un primer amor? —susurró Gustín, como quien teme que hasta el eco lo escuche.

El Nita Cao sonrió apenas, con los labios tensos como cuerda de mayohuacán.

—Lo estoy mirando —dijo el Nita Cao.

Gustín levantó la mirada.

Sus ojos brillaban como charcos bajo lluvia fresca, oscuros pero transparentes, hondos como manantial. Detrás de las raíces, Yuisa se llevó las manos a la boca para no soltar un grito, para no romper la magia de ese instante.

—Desde que llegaste aquí —continuó el Nita Cao, la voz grave como tambor lento— todo lo que he hecho es negar tu amor. Negarlo pa' inventarme excusas. Como jugar batú en toda la isla. Excusas pa' estar lejos de ti, cuando lo único que quería era tenerte cerca.

Gustín dio un paso hacia él. Su voz quebrada temblaba como palma bajo tormenta.

—Todo lo que he querido es estar contigo. Eres lo único bueno en este nuevo mundo que me ha escupido tantas veces. La única mirada que mataría por —dijo Gustín.

—¿Esta mirada? Llena de hoyos como los del camino a las aldeas —dijo el Nita Cao

—No tienes ni idea de lo hermoso que en verdad eres —dijo Gustín y el silencio se hizo abrazo.

—Creo que los dos hemos pagado suficiente —dijo el Nita Cao, apretando sus manos—. Vivir la vida, viviendo solos.

—Pero un Nita necesita pareja, necesita linaje, necesita heredar la corona del Máximo... —replicó Gustín, con rabia escondida en la garganta.

Nita Cao cerró los ojos, y las manos le temblaban. —Desde que descubrí la verdad, ya no quiero nada de eso.

Gustín frunció el ceño, confundido, como quien escucha viento hablar. —¿Qué verdad?

Cao respiró hondo, hondo, como si el aire mismo pudiera partirle el pecho en dos. —Yuisa es la verdadera Nita.

—¿Yuisa? —preguntó Gustín.

—¿Yo? —dijo Yuisa; se volvió a tapar la boca con su mano al escuchar su eco.

—Ella es la que debió ser la Máxima. Lo que pasó con Maní, con Turey... toda esta guerra es un disparate, un veneno —dijo el Nita

Cao.

El silencio pesó más que hierro. Las antorchas titilaron, las raíces crujieron, y hasta los murciélagos en el techo se quedaron callados. Gustín parpadeó, y en sus ojos apareció otro brillo, mezcla de miedo y deseo.

—Entonces vámonos. Vámonos lejos. Rechacemos lo que nos amarraron en la sangre. Vámonos a buscar un mundo nuevo. —dijo Gustín, acercándose, con voz que parecía juramento.

Cao levantó la mirada, incrédulo, con las pupilas ardiendo.

—¿Juntos?

—Juntos. Tú y yo. ¿Cuándo aprenderemos a elegirnos, como hacen otros, sin sacrificio, sin dolor? —dijo Gustín, firme como ceiba vieja.

Nita Cao bajó la cabeza, los labios temblándole como llama al viento. —Todo lo que he querido... es alguien que me ame por quien soy, no por lo que represento.

Entonces, los dos se inclinaron, los rostros a un suspiro de distancia. Sus respiraciones se mezclaron, calientes como brasa en fogón. Yuisa, oculta, sintió que el corazón se le salía por la boca, latiendo más fuerte que los tambores de una fiesta de areyto.

Pero entonces sonó.

¡Brruuuuum! ¡Brruuuummm!

Un cuerno en la distancia. Fuerte, grave, trueno de guerra. Y tras él, un rugido de voces, gritos en Isla Grande.

Nita Cao y Gustín se apartaron de golpe, como si el mismo relámpago los hubiera tocado.

La guerra no esperaba. La guerra nunca espera.

CANEY DEL MÁXIMO

—**NO SE NI DONDE** estoy —dijo Alonso, que no se movía. Todavía sentía el filo invisible de las palabras de Ysabel clavado en el pecho, como si lo hubiera dejado sin aire, sin rumbo. Caminaba por inercia, empujado más por el eco de su voz que por sus propios pasos.

Entre la neblina, divisó una estructura grande y oscura. Pensó que era otra celda, quizás una extensión del encierro del que acababa de escapar. Pero algo no encajaba. Las paredes no eran redondas, sino rectas, y el techo se abría en dos aguas, largo y afilado, como si partiera el cielo en dos.

Se acercó.

Se agachó, desde la distancia, escuchó voces agitadas y pasos que se alejaban corriendo entre los bohíos. Eran guerreros dorados, los últimos, con sus lanzas aún manchadas de barro.

Alonso se detuvo un instante, observando cómo se perdían sus siluetas.

Luego, silencio.

El silencio del lugar era tan denso que hasta los grillos parecían contener el canto. Empujó la entrada, y la madera se quejó con un crujido grave. Un olor espeso, mezcla de resina, humo y hierro viejo, le golpeó el rostro.

Dentro, el aire estaba caliente, vivo. Las antorchas lanzaban sombras que se movían sobre pilares tallados con símbolos: soles, espirales, figuras que parecían respirar. En lo alto colgaban huesos pulidos y collares de conchas que tintineaban apenas, como si el lugar hablara en su propio idioma.

Avanzó unos pasos. El suelo era de tierra apisonada, brillante por el aceite derramado y por algo más oscuro que el fuego no alcanzaba a mostrar. Y allí, en el centro, vio un altar de piedra negra rodeado de cenizas, plumas y máscaras con ojos vacíos.

Entonces lo entendió.

No estaba en una celda.

Estaba en el corazón de Isla Grande.

El Caney del Máximo.

—Así que es cierto. Tenía al hijo del forastero todo este tiempo bajo mi techo —dijo el Máximo Turey, Alonso alzó la vista.

Del umbral surgió el Máximo Turey, rodeado de una luz rojiza que parecía venir del propio fuego de sus brazaletes. Su túnica era negra con bordes de oro viejo; el cabello trenzado hasta los hombros, la mirada dura, forjada por siglos de mando.

Detrás de él, dos guerreros dorados sostenían lanzas, quietos como estatuas.

—¿Tú eres el que ella protege? —preguntó el Máximo Turey con voz grave, miró la marca de Alonso en su antebrazo.

Alonso no respondió.

El Máximo Turey caminó despacio hasta quedar frente al altar, las sombras del fuego temblando sobre su rostro.

—Dicen que el hijo hereda la marea de su padre. Que si el mar fue traidor, la ola también lo será.

Alonso apretó los puños. —No sé qué has escuchado, pero yo no soy Bastián.

—¿Ah, no? —dijo el Máximo Turey, con media sonrisa amarga. —Entonces explícame cómo el hijo del hombre que vino de no sé dónde terminó aquí, en la Gran Ceiba. Tu sangre lleva el mismo trato que él le hizo a esta tierra. Y quizás —acercó la cara, susurrando— seas también el que rompa su palabra.

Alonso lo miró, sin parpadear. —Bastián no me enseñó a romper promesas. Tampoco a esconderme.

El Máximo Turey soltó una carcajada corta, seca, como trueno lejano. —Tienes su fuego. Pero sin el control. Esa es la clase de hombre que el Gran Maní debió haber destruido cuando tuvo la oportunidad.

Alonso no alcanzó a responder cuando una figura cruzó la penumbra: Nita Cao, con la respiración entrecortada y el rostro cubierto de sudor.

—Hermano — suspiró Alonso, al ver junto a Nita Cao a Gustín, con el cabello color jengibre deshecho y la mirada prendida como llama.

—¿Y ustedes dos? —preguntó el Máximo Turey, girando la cabeza con un gesto de desprecio. —¿El Nita de Isla Grande ahora anda con un traidor?

Nita Cao bajó la mirada, pero Gustín no. —Nosotros elegimos luchar por algo más que tus dioses muertos.

El silencio se quebró cuando se tomaron de las manos. Las antorchas crepitaron y el Máximo Turey dio un paso al frente. —Entonces eligieron morir juntos.

Antes de que nadie se moviera, un ruido metálico retumbó por el pasillo.

—Atrápenlos. A todos —ordenó el Máximo Turey.

—No —dijo una voz desde atrás. Una voz firme, curtida, con el peso de años sobre la espalda.

Todos voltearon.

Entre el humo y las sombras apareció ella.

—Madre... —dijo Nita Cao, al ver entrar a Ysabel.

El Máximo Turey sonrió, despacio. —Ah, la salvadora de todos.

Ysabel avanzó entre ellos con paso lento, pero firme. La luz de las antorchas se reflejaba en su piel húmeda, en su collar de caracoles viejos y en la mirada que había aprendido a no temerle ni a los vivos ni a los dioses.

—No soy la salvadora de nadie —respondió Ysabel con voz baja, que retumbó en todo el Caney—. Solo vine a impedir que sigas repitiendo los errores de los hombres que se creyeron inmortales.

El Máximo Turey la observó con una mezcla de burla y desprecio, las manos entrelazadas tras la espalda. —¿Y crees que puedes evitar lo que ya está escrito? Los dioses han hablado, Ysabel. Mañana la sangre será el sello.

—Los dioses no hablan contigo —replicó Ysabel, sin alzar la voz.

El murmullo se cortó. Hasta el fuego pareció detener su respiración. El Máximo Turey sonrió apenas.

—Qué pena que tu hija no esté aquí para ver cómo termina tu rebelión —dijo el Máximo Turey.

Ysabel no pestañeó. —Ella verá más de lo que tú jamás comprenderás. Déjalos ir. A todos ellos. Son solo muchachos. Si alguien tiene que pagar, que sea yo.

Gustín la miró con los ojos enrojecidos. —No digas eso. Todos sabíamos a lo que veníamos.

—Cállense —tronó el Máximo Turey, y los guerreros dorados se adelantaron, lanzas en mano, formando un círculo.

El aire se volvió pesado, con olor a sudor, metal y humo. Ysabel levantó la vista una última vez.

—Turey, algún día entenderás que ni el poder ni el miedo sostienen un mundo. Solo la memoria. Y esta noche, tú la estás perdiendo. Te lo he dicho: todo tiene vida, todo tiene un propósito.

El Máximo Turey frunció el ceño y alzó la mano. —Llévenselos —ordenó, con voz de trueno—. Que los separen. Cada uno en una celda distinta.

Los guerreros obedecieron al instante, arrastrándolos por los brazos y las piernas entre gritos y el golpe sordo de los pasos contra la piedra.

—¿Qué harás con ellos? —preguntó Ysabel, sin moverse. El Máximo Turey se giró hacia ella, la sonrisa volviendo a su rostro. —Que duerman. Denles los gases. No quiero que ninguno despierte antes del amanecer —pausó. —Mañana serán la ofrenda para la Gran Ceiba.

Esa noche de luna escondida, Yuisa caminaba entre la maleza, buscando aire, buscando sentido. Había logrado salir de las celdas, pero no sabía por cuánto tiempo estaría a salvo. El silencio pesaba, roto solo por el goteo de la humedad en las piedras.

De pronto, escuchó pasos apresurados, pies descalzos contra la tierra mojada. Se giró a tiempo para ver a un grupo de isleñitos que corrían, apenas sombras flacas con los ojos abiertos como luciérnagas. Pasaron junto a ella sin mirarla, con una urgencia que olía a miedo.

Uno de ellos tropezó y, sin querer o sin querer evitarlo, lanzó contra ella una pequeña vasija de barro que se partió en el suelo. Un humo verdoso se levantó de inmediato, espeso, con un olor extraño, ni dulce ni amargo, pero capaz de arder en la garganta. Yuisa retrocedió, tosiendo, los ojos nublados, el pecho apretado.

Intentó gritar, pero la voz no le salía. Todo el cuerpo le pesaba, los brazos se le volvieron piedra, y las piernas, raíces. Sintió el mundo girar, la cabeza liviana, el aire espeso.

Logró apenas llegar hasta una hamaca tejida de palma y yagua, colgada entre dos troncos. Cayó sobre ella, sin fuerzas, respirando con dificultad. El corazón le latía lento, profundo, como tambor de areyto llamando a los dioses.

Cerró los ojos, y el aire cambió.

Primero fueron unos pocos, casi imperceptibles: alas pequeñas, sombras que bailaban en la penumbra.

Luego vinieron más.

Decenas. Cientos.

Murciélagos.

Ala tras ala, sombra tras sombra, la cubrieron como un manto fresco, un velo de Yaya descendiendo del cielo.

El aire se volvió más espeso. El sueño la arrastró como corriente de río oscuro. Cuando volvió a abrir los ojos, ya no estaba en la hamaca.

Estaba en un claro cubierto de niebla, el suelo húmedo y las hojas del monte brillando como espejos bajo la luna velada. El silencio era tan profundo que dolía. Y entonces la vio.

Una silueta caminando hacia ella, con una antorcha encendida.

Los reflejos del fuego le pintaban el rostro a pedazos: los labios firmes, la mirada cansada, y un brillo dorado en los pómulos que Yuisa había visto antes, en el espejo del agua, en su propio rostro.

—Sabía que vendrías —dijo la mujer, su voz como eco que ya conocía—. Aunque no debía.

Yuisa retrocedió un paso. —¿Quién eres?

La mujer bajó la antorcha. La luz la reveló entera.

Cabello claro, piel un poco marcada por el tiempo, y un colgante roto que colgaba sobre su pecho. —Soy Ysabel.

Yuisa se quedó inmóvil. —¿Qué quieres de mí?

La antorcha chisporroteó. El fuego iluminó algo que Yuisa no esperaba: lágrimas en los ojos de la mujer. —No quiero nada. Solo decirte la verdad.

—¿Cuál verdad?

—Que fui yo quien abrió tu celda.

Yuisa la miró incrédula, el pecho apretado. —¿Tú? ¿Por qué?

Ysabel tragó hondo. —Porque soy tu madre.

El silencio cayó como piedra en el río.

Yuisa no respiró. No parpadeó.

—No —susurró Yuisa, negando con la cabeza—. Mi madre murió hace años. Mi madre me abandonó.

—No te abandoné —dijo Ysabel con voz quebrada—. Me arrancaron de ti. De tu padre. De todo lo que alguna vez fui.

Yuisa retrocedió, furiosa, con los ojos empañados. —¡Mentira! Si de verdad me amabas, nunca te hubieras ido. Nunca hubieras dejado que creciera sin ti.

Ysabel dio un paso hacia ella, tendiendo la mano. Yuisa se apartó. —Me fui para que vivieras. Los dioses... y los hombres... querían tu muerte antes de que aprendieras a caminar. Te escondí entre los aldeanos, te di el nombre de Yuisa para protegerte. Pero nunca dejé de mirar por ti. De pensar en ti.

Yuisa bajó la mirada. El fuego temblaba.

Sus labios se movieron apenas. —No sé si odiarte o abrazarte.

Ysabel sonrió, triste. —No tienes que decidir nada ahora —dijo, se inclinó lentamente, tomó la mano de su hija, Yuisa, y sopló algo sobre ella.

Un polvo dorado, ligero como ceniza de estrella, cayó sobre los dedos de Yuisa y subió por su piel como luz viva.

Yuisa sintió un frío extraño, luego un calor que le subió al pecho, al cuello, a los ojos.

El mundo giró.

Las hojas se disolvieron.

El fuego se alargó en líneas de oro.

Ysabel la sostuvo un segundo más, su voz volviéndose lejana, como si viniera de otro plano. —Solo recuerda, hija mía, todo lo que hice, lo hice por ti.

Yuisa intentó responder, pero las fuerzas la abandonaron. Sus rodillas cedieron, y cayó al suelo cubierto de musgo.

Lo último que vio fue el rostro de Ysabel desvaneciéndose entre humo, sombras y unos guerreros. Y una lágrima, una sola, cayendo sobre su frente antes de que todo se volviera oscuridad.

Cuando abrió los ojos, ya no estaba en la hamaca.

La rodeaba una neblina luminosa, húmeda, olorosa a tierra mojada recién llovida, a humo de fogón que se apaga.

Y en medio de ese resplandor apareció la silueta que su alma conocía.

Ojos de fuego manso.

—Abuela... —susurró Yuisa, con nudo en la garganta.

La Gran Abuela Luysa se acercó, su voz temblando con siglos encima, como caracol soplado en la distancia. —Ay, mi niña... cuánto lamento lo que ha pasado. La verdad arde más que el mismo fuego.

Yuisa dio un paso, temblando como palma bajo tormenta. —Por favor... dime que no es verdad.

La Gran Abuela Luysa bajó los ojos, y el aire cambió. La neblina se abrió como telones de algodón, y de pronto Yuisa no estaba frente a su abuela: estaba viendo, viviendo, sintiendo.

Vio a un joven de cabellos espesos, torso erguido, sonrisa como rayo de sol naciente.

—¡Nita Maní! —una voz llamó, mientras él caminaba entre los suyos, isleños que lo seguían como quien sigue al Máximo y al cemí juntos. La macana descansaba en su hombro, poderosa como rama de ceiba.

Y frente a él apareció ella.

Una princesa forastera.

La piel clara brillando como luna llena, los ojos hondos como mares bravos. No era Ysabel todavía; tenía otro nombre, nombre que el viento escondió, nombre que solo el Nita Maní pronunciaba como fuego en los labios.

Yuisa jadeó al verlos entrelazarse las manos debajo de la Gran Ceiba.

—Él la llamó Ysabel —explicó la Gran Abuela Luysa, con voz de río viejo—. Ella dejó atrás su nombre, su linaje, todo lo que era, por él.

Crac-crac, el paisaje crujió, quebrándose como vidrio, y Yuisa sintió que caía en abismo. Cuando abrió los ojos estaba en asamblea de fuego y furia. Antorchas que rugían, tambores en el pecho, voces que gritaban como viento cortante.

Un Máximo de antaño, manto dorado en hombros, señalaba a Nita Maní con rabia que quemaba. Yuisa lo sintió en su piel, como si ella misma estuviera en el banquillo de los acusados.

—No lo aprobó —dijo la Gran Abuela Luysa, a su lado, mientras la escena ardía—. Y por poco la guerra nos traga enteros. Para evitarla, exilió a Maní, y a los que lo siguieron.

Yuisa vio a su padre, joven aún, marchando con el rostro endurecido, rodeado de hombres y mujeres que lloraban sin voz.

Vio a Ysabel tomarlo del brazo, con una barriga gigante y redonda, y juntos perderse por los senderos del monte, como dos sombras condenadas a caminar lejos de la Plaza.

El viento volvió a girar, como caracol que cambia su canto. Esta vez no trajo calor, sino frío. Un frío de cueva sin vida, un frío de entrañas. Yuisa sintió cómo el aire le mordía la piel y, cuando abrió los ojos, ya no estaba en la Plaza ni bajo la Gran Ceiba: estaba dentro de una cueva profunda.

El eco goteaba *tic... tic... tic...* desde las estalactitas, como si el corazón de la tierra llorara gota a gota. Allí, en medio de esa penumbra húmeda, caminaba Ysabel.

—Yo he visto esto antes —susurró Yuisa y la vio sola.

Su paso era firme, aunque sus ojos guardaban un peso antiguo.

En la mano llevaba una antorcha, y la flama chisporroteaba *crac-crac*, iluminando el rostro endurecido de una mujer que había escogido el camino del riesgo.

Yuisa la siguió con la mirada, sin poder detenerla. Ysabel se internó hasta el altar de piedra donde dormía el cemí de la Cueva Sagrada. Allí estaba, quieto y poderoso, como espíritu petrificado. Y cuando Ysabel lo tomó, la luz de la cueva se partió como relámpago.

—Lo robó... —dijo la Gran Abuela Luysa, y su voz, quebrada y vieja, era la de un tambor cansado—. Lo robó para protegernos de Bastián, el forastero más fuerte, el más ambicioso.

«¡Bastián!», el nombre cayó en la visión como trueno de tormenta lejana. La cueva tembló con ese eco.

Y Yuisa vio, por un instante, un barco oscuro sobre las olas bravas. Velas negras como alas de cuervo se abrían contra el viento, y en la proa, erguido como fiera, un hombre pelirrojo. Sus ojos ardían como brasas, brasas que no se apagan ni con lluvia.

Yuisa dio un paso atrás, el aliento cortado, como si una mano invisible le apretara la garganta.

Entonces, la Gran Abuela Luysa la tomó de los hombros. Sus manos eran cálidas, firmes, con la fuerza de raíz de ceiba.

—Por eso, Yuisa —susurró la Gran Abuela Luysa con ternura y gravedad. —Tu padre no te negó con rabia a Alonso. Porque él también conoció lo que era amar a una forastera.

La visión se fue deshaciendo, como humo que se escapa del fogón cuando el viento cambia. La neblina volvió a cubrirlo todo, pero Luysa ya no se veía erguida: estaba frágil, temblando, como si aquel sueño la consumiera pedazo a pedazo.

—¿Abuela? —susurró Yuisa.

—Hay tanto que aún no entenderás... —murmuró la Gran Abuela Luysa, con voz quebrada—. El tiempo será quien te lo diga. Pero este sueño... este sueño me cuesta más de lo que pensaba.

Yuisa quiso abrazarla, pero sus brazos solo se cerraron en vacío. El humo se tragó a la abuela, deshaciéndola como bruma al amanecer.

De golpe, Yuisa despertó. Pero no en la hamaca.

El cuerpo empapado en sudor, los cabellos pegados a la cara como raíces húmedas. El aire pesaba, el pecho le retumbaba *tum-tum, tum-tum*, tambor de guerra desbocado.

En su piel aún sentía el roce de la ceiba, el eco de la cueva, y el calor de una manita.

—Yuisa, perdón —dijo Enay, y Worayo se lo llevó.

GRAN CEIBA

—¿QUÉ? ¿DÓNDE ESTOY? —susurró Yuisa. Escuchó el murmullo de los isleños, murmullo que sonaba como río contenido, río que se agita antes de romper su cauce.

Llegó hasta los pies de la Gran Ceiba, madre de raíces profundas, guardiana de los siglos. El tronco crujía como si respirara, como si dentro latiera el corazón del mismo Yaya.

Yuisa alzó sus manos. Manos ennegrecidas por barro. Las puso sobre la corteza caliente, corteza que aún guardaba el sol del día como si fuera fuego escondido. Cerró los ojos.

Y allí, en la oscuridad, vio lo que nadie más vio. Desde las raíces que corrían como venas bajo Isla Grande, subió su visión, trepó por el tronco, se disparó en ramas y se extendió como brisa sobre todos lados. Vio aldeas, vio costas, vio almas unidas por hilos invisibles, todos tejidos en la telaraña viva de la Gran Ceiba.

Entonces la visión cambió.

Los botes.

Oscuros, botes que parecían murciélagos gigantes sobre el mar. Velas negras como alas de cuervo. Decenas, decenas, avanzando sobre las aguas del Mar Caribe.

Vio fuego. Vio humo trepando al cielo. Vio hombres de hierro, no isleños, no aldeanos, sino forasteros con espadas que brillaban como relámpagos malditos.

—Bastián —murmuró Yuisa. Abrió los ojos de golpe. Un grito se le quedó a medio pecho. —¡Máximo Turey! —gritó, con voz temblorosa pero firme—. ¡Todo está conectado! Desde aquí lo vi, la Gran Ceiba me mostró. ¡Vienen! ¡Con fuego, con hierro, con rabia vienen, vienen por todos!

Y ahí Yuisa se dio cuenta en dónde estaba.

El Máximo Turey, sentado en su trono de piedra, al lado de su hermana, Fotunayel con su ceja cortada, el calvo de la panza redonda, y su madre, la Máxima Abuela Tureiba, la miró.

Se erguía como montaña. Pecho ancho, manto dorado ondeando con el viento, voz grave como trueno distante. Comiendo carne de iguana. Pero en sus ojos brillaba burla, incredulidad.

—Hablas como niña que sueña. —dijo el Máximo Turey—. La Gran Ceiba siempre nos ha guardado. Lo que viste son sombras, sombras de tu miedo.

Yuisa apretó los dientes. Sintió bajo sus pies la vibración del árbol, la verdad latiendo como tambor.

—¡No son sombras! ¡Son señales! El Caribe late en este tronco. Si la Gran Ceiba se quiebra, nos quebramos todos.

El murmullo de los isleños creció como marea inquieta. Algunos querían creerla, pero el peso del Máximo Turey, su sombra, su poder, los mantenía mudos.

Yuisa dio un paso más.

La voz se le quebró de tanta desesperación. —¡Si no me escuchas, será tarde pa' todos!

Entonces el Máximo Turey se levantó.

Se levantó como montaña que se endereza. Su sombra cubrió a Yuisa entera. Con un solo gesto frío de la mano, cortó sus palabras.

—Ya es tarde.

El aire se volvió espeso, pesado, lleno de presagio. El sol sangraba sobre la Gran Ceiba, que se pintó de rojo y de naranja, como si el sol mismo supiera que esa sería su última caricia intacta.

Yuisa quedó al frente, los pies hundidos en la tierra negra. Su cuerpo temblaba, no de miedo, sino de contener demasiado.

Dolor, rabia, amor.

—Alonso —dijo Yuisa, miró cómo, detrás de ella, estaba él. Respirando hondo, tranquilo, su mano casi rozando la de ella. Ese roce invisible fue suficiente.

Suficiente pa' sostenerlos a ambos.

El Máximo Turey, erguido como montaña que no cede al viento. A sus pies, arrodillada, estaba Ysabel, el cabello suelto cayéndole como río de sombras, mordiendo sus propios sollozos, acusada de traición.

Y más allá, el Nita Cao, su hijo, tensaba el arco, la flecha lista, apuntando directo al corazón de Yuisa, su hermana.

—Perdóname; si no, matan a Gustín —dijo Nita Cao, lágrimas bajándole los hoyos de su cara.

Detrás de él, cientos de isleños eran un muro vivo.

Respiraciones contenidas, ojos que brillaban como brasas, el murmullo bajo de un pueblo atrapado entre la duda y la obediencia.

El mundo entero parecía detenido. El atardecer no corría, se había quedado congelado como herida abierta en el cielo.

Yuisa apretó los labios. En aquel instante, no pensó en sangre ni en linaje, no en si Alonso era hijo de Bastián o su salvador. Lo único real, lo único cierto, era él.

Alonso se inclinó hacia ella. Su voz, bajita como viento entre cañas, solo la escuchó Yuisa. —No le temas a lo que llevas dentro, ni mucho menos a lo que sientes.

A Yuisa se le agolparon las lágrimas como lava encendida, pero no las dejó caer. —Nunca le he temido a lo que siento por ti —respondió con voz quebrada, y en ese eco se quedó su fuerza.

—Yui —susurró Alonso, su voz quebrándose—. Si este es el final, que sea así, contigo.

Yuisa lo miró, los ojos llenos de lágrimas y fuego. —Entonces que los dioses miren, porque no pienso esconderme más.

Entonces, sin dudar, lo tomó de las manos. Cerraron los ojos. Y en ese gesto el mundo desapareció. Se apagó el rugido de los isleños, el crujir de la Gran Ceiba, hasta el murmullo de guerra a lo lejos. Solo quedaron ellos dos, respirando el mismo aire, latiendo en el mismo compás.

Yuisa sintió todo lo que Alonso había querido decirle en silencios, como la calma de su pecho, el leve temblor en sus dedos, la fuerza invisible que los unía. Era un idioma sin voz, idioma de raíz y de sangre. El saber que él sacrificaría todo por ella, por ellos.

Entonces ocurrió.

Una luz dorada brotó de los brazaletes de Yuisa y se extendió hasta las manos de Alonso. Una hebra brillante, viva, como hilo tejido por los mismos dioses. El resplandor los abrazó, pulsando como corazón de Monte Verde, como canto del Cielo de Yaya, como si la misma Yaya aprobara su unión.

Aquí en la Gran Ceiba.

Yuisa abrió los ojos, conmovida, buscando el beso que sellara aquella promesa.

Pero no alcanzó.

¡BOOOOM!

—¿Alonso? —preguntó Yuisa, pero el cielo rugió.

Desde las colinas, donde se escondían los forasteros, cayó una bola de fuego. Venía como sol arrancado de su sitio.

«El fuego robado», dijo la voz.

El resplandor dorado se quebró con un chasquido seco, cuerda que revienta en mitad de un tambor.

Yuisa gritó, pero ya era tarde. El fuego cayó sobre Alonso.

Un instante. Solo un instante.

Y su cuerpo se volvió ceniza.

La piel, la carne, la sonrisa que acababa de darle. Todo se deshizo en humo y brasas. En la tierra quedaron apenas dos brazaletes humeantes, brillando como carbones sagrados, y su macana.

Yuisa se desplomó de rodillas.

El grito no salió. Se le quedó atorado como piedra viva en la garganta. Su boca abierta. El humo le lamía la cara, tibio, cruel, mezclándose con las lágrimas que le bajaban como ríos de ceniza.

Estiró las manos, temblorosas, tratando de atrapar algo, aire, polvo, fuego, lo que fuera, aunque solo quedaran restos de Alonso flotando entre la bruma.

Pero nada.

Solo vacío.

Sus brazaletes cayeron al suelo con un sonido hueco, como si acompañaran su llanto. El eco se extendió por la tierra, profundo, casi vivo. Debajo de ella, el suelo comenzó a temblar, a respirar, a moverse con un ritmo antiguo. El aire olía a raíces abiertas, a tierra recién herida.

Yuisa alzó la mirada, las lágrimas ardiendo como fuego en los ojos. Todo dentro de ella gritaba. La rabia se mezcló con el dolor, el amor con la pérdida. Alonso se había ido, arrancado de su lado como hoja en huracán, y en ese vacío solo quedó el deseo feroz de vengarlo.

Entonces lo entendió.

No era la elegida de nadie. No era un símbolo, ni un mito, ni una hija de profecía. Era furia, era raíz, era semilla. La semilla de la ceiba, la que nace del sacrificio y florece en sangre.

—Soy yo —susurró Yuisa, con la voz quebrada, pero cargada de fuego—. Soy la semilla.

Abrió los brazos, dejando que la ira la inundara, que su pulso se mezclara con el latido del suelo. Sintió cómo el calor subía desde sus pies, trepando por sus piernas, cruzando su pecho, encendiendo sus venas como raíces incandescentes.

Quiso dejar que brotara todo, la vida, la muerte, el poder que Yaya le había prometido, quiso romper el cielo con su grito. Pero cuando trató de hacerlo, cuando quiso que la Gran Ceiba se levantara en ella, nada ocurrió.

Solo el silencio.

El silencio de una diosa que aún no había decidido si escucharla o condenarla.

La luz en su brazalete titiló una sola vez, débil, y se apagó.

El aire, que antes se movía con ella, se volvió frío, inmóvil.

Yuisa bajó la cabeza.

Su respiración era un sollozo partido.

—¿Por qué...? —murmuró Yuisa entre dientes—. ¿Por qué no puedo? Soy yo. Yaya soy yo. ¡Yo soy la juriquilla semilla! ¿Por qué no me dejas serla?

Silencio.

Y la respuesta se le clavó en el pecho antes de que pudiera decirla en voz alta.

«Porque él ya no está.»

«Alonso.»

El forastero que la había hecho sentir completa.

Su fuego.

Su calma.

Su raíz y su viento.

Sin él, no había eco, no había chispa. Era como si la mitad de su alma se hubiera ido con su ceniza, y lo que quedaba de ella fuera solo corteza vacía.

Cerró los ojos con fuerza, apretando la macana de Alonso contra el pecho.

—¿Sera por salvar a Natay? ¿Por desafiar los deseos de Guabancex? —murmuró Yuisa. Intentó recordarlo, su risa, su voz, el roce de sus manos, buscando en esos fragmentos una fuerza que no llegaba. —Se suponía que estaríamos, juntos... bajo el flamboyán rosado.

Yuisa respiró.

Y en ese silencio roto, un silbido cortó el aire.

¡Ffffsshhht! Un forastero, oculto entre el humo, soltó el virote contra Yuisa. La flecha voló recta, certera, pero se clavó en el pecho del Nita Cao, que dio un paso y lo recibió en el pecho.

—¿Cao? —preguntó Yuisa al ver sus ojos que se abrieron grandes, no de odio sino de sorpresa. Dio un paso atrás, tambaleando, hasta desplomarse contra la tierra.

—Por ti, hermana —suspiró Nita Cao por última vez, sus ojos clavados en los de su hermana, Yuisa.

Yuisa que tenía un río, ahora tenía un océano en sus ojos.

—¡Nooo! ¡Mi hijo! ¡Mi único hijo! —bramó el Máximo Turey, cayendo de rodillas.

A sus pies, la pobre Ysabel se lanzó, aún con las sogas marcándole las muñecas, corrió hasta arrodillarse en el suelo sobre el cuerpo frío de su hijo, con las manos manchadas de sangre, con sollozos mordidos que parecían cuchillos en su propia garganta.

Entonces, ¡pum, pum, pum!, como tambores invisibles que retumban desde el monte, llegó la noticia que cortó el aire.

—¡Nos invaden! ¡Nos invaden! —gritó Worayo.

Forasteros salieron de todos lados.

Pero no salieron solo forasteros.

—¡Aldeanos! —gritó el Gran Maní—. ¡Isleños!

Del follaje salió el Gran Maní, como huracán desatado, al frente de los suyos. Sus guerreros bajaban como avalancha, pies tronando contra la tierra, flechas cortando el aire, lanzas brillando como rayos. El choque fue inmediato: gritos, humo, sangre, la tierra bebiéndose cuerpos como si fueran agua.

—Aunque no funcionen —dijo Yuisa; levantó los brazaletes. Cada flecha que llegaba, ¡tac! ¡tac! ¡tac!, ella la desviaba con un rugido de rabia en su pecho. Protegiendo a Ysabel.

El campo se convirtió en un mar oscuro, un mar de muerte.

Y allí apareció Gustín, con su pelo una mezcla de rojo y gris, caminando no con los forasteros, sino contra ellos. Sus ojos rojos como sangre, su espada brillando al sol que se moría. Cortaba gargantas, atravesaba pechos, gritando con la voz de un jaguar herido:

—¡Alonsooo! ¡Alonsooo! ¡Por mi hermano! —gritó Gustín, la voz desgarrada por el humo y la furia.

Pero se detuvo.

El eco de su grito se rompió al ver lo que tenía frente a sí. Ysabel, arrodillada, sostenía un cuerpo entre sus brazos, y a su lado, Yuisa.

El cuerpo inmóvil.

Por un momento, la piel cubierta de ceniza y lágrimas.

Gustín dio unos pasos, los ojos anegados, el pecho hundido.

—¿Quién...? —la palabra se quebró—. ¿Quién es ese? —preguntó Gustín, con la voz temblando, como si la respuesta fuera un cuchillo que ya conocía.

Nadie respondió.

Ysabel apretó el cuerpo con más fuerza. Abrió los ojos. Lentamente, como si despertara de un sueño que no quería abandonar, apoyó una mano en el suelo y se incorporó. —Gustín... —susurró, la voz baja, casi un rezo. Él cayó de rodillas frente a ella, incrédulo.

—No... no puede ser —dijo Gustín, entre sollozos.

Ysabel lo miró a los ojos, el reflejo del fuego dibujando sombras de años perdidos sobre su rostro. —Mi niño —dijo al fin, extendiendo la mano—. Soy tu madre.

Gustín retrocedió un poco, el alma hecha un hilo. —No... —balbuceó—. No puede ser...

—Perdóname —continuó Ysabel, con un temblor en los labios —. Todo lo que he hecho, todo lo que haré... siempre ha sido por ustedes.

Los tres hijos de Ysabel.

Por fin juntos.

Por fin, bajo el mismo Cielo de Yaya que ardía como herida abierta lleno de nubes grises.

Pero el suelo empezó a temblar. El aire cambió, denso, como si el mundo contuviera la respiración. El humo se abrió, partiéndose como telón, y de entre las llamas de la Gran Ceiba, que crujía, que gritaba como animal herido, surgió él.

—Bastián —murmuró Yuisa, vio como su cabello era fuego, su barba humo, y en sus ojos ardía el odio de todos los mares conquistados. La tierra misma retrocedió bajo su paso.

Yuisa se levantó con la macana pero Ysabel la detuvo con una mano.

Su rostro cambió.

La pena desapareció, sustituida por una calma mortal.

—No —dijo Ysabel, poniéndose de pie con esfuerzo—. Esta vez, no más huida.

Y sin que nadie la ayudara, Ysabel caminó hacia Bastián. Paso tras paso, descalza sobre la tierra quemada, la mirada fija en él, sin miedo, sin lágrimas.

Bastián la vio acercarse y rió, un rugido que hizo vibrar la costa.

—¿Así que al fin te atreves a mostrarte? —dijo Bastián, la voz grave como trueno.

—No me escondo —respondió Ysabel, el viento agitando su cabello—. Nunca lo hice. Solo esperé el momento justo para mirarte sin temblar.

Bastián apretó los puños, los ojos como brasas. —Pensaste que podías proteger este lugar, protegerlos de mí —escupió.

Ella sonrió, cansada, con una ternura que lo enfureció más. — No los protegí de ti —susurró—. Los preparé para sobrevivirte.

Bastián rugió, dio un paso más y la sujetó del cabello, alzándola como si fuera nada. —No sabes lo que es el poder —gruñó.

Ysabel lo miró directo a los ojos, sin gritar, sin moverse. —Tampoco tú sabes lo que es amar.

Con un giro de furia, él la lanzó hacia sus soldados. Cayeron sobre ella con risas crueles, pero incluso entre las manos de los enemigos, Ysabel no apartó la vista de sus hijos.

Yuisa. Gustín. Cao.

El Máximo Turey se interpuso, con macana dorada en mano, rugiendo como tormenta sobre la montaña: —¡Aquí no pasarás, Bastián!

Pero los soldados lo rodearon como jauría. Una espada bajó y, ¡zas!, la cabeza del Máximo rodó por la tierra, hasta quedar a los pies de su pueblo. Los gritos de Isla Grande se alzaron como aullido de tormenta.

Bastián no buscaba justicia o ser honorable.

Bastián buscaba dominio.

—A ese lo quiero vivo —señaló Bastián al Gran Maní, que peleaba como titán, derribando enemigos a cada golpe, su fuerza más grande que la de diez hombres. —Del fuego robado arderán por la grandeza y la purificación del nuevo mundo bajo mi mando.

El humo era irrespirable. La corteza de la Gran Ceiba crujía, lloraba, gritaba.

Las llamas rugían, devorando la Gran Ceiba como si fueran las fauces de Guabancex misma. Yuisa apenas podía respirar. Entre humo y ceniza, levantó sus brazaletes para desviar otra lanza, pero sintió que el filo iba a alcanzarla.

Entonces, un destello naranja se cruzó en medio de la batalla. La Guerrera Anaranjada, la desconocida, apareció como un relámpago en la tormenta. Llevaba dos espadas, una en cada mano, y sus movimientos eran tan rápidos que parecían imposibles: ¡zas! ¡zas! Cada corte abría paso, cada giro derribaba a un enemigo como caña seca.

Yuisa se quedó inmóvil un segundo, el corazón golpeándole el pecho.

—¿Quién realmente eres? —susurró Yuisa, la voz rota por el humo y el asombro.

La guerrera no respondió. Solo golpeó sus espadas.

—No estás sola —dijo, su voz resonando firme, con un eco casi divino.

—Entonces luchemos —respondió Yuisa, con un fuego que le nacía del alma, de la furia.

A su lado, Kairani emergió entre el humo con el cabello suelto, los ojos encendidos y una lanza manchada de ceniza. En la mano su cinturón de colmillos de jicotea.

—Por nuestra gente —gritó Kairani.

—¡Y por los que aún respiran! —gritó la Máxima Abuela Tureiba, lanzándole el bastón de ceiba a Yuisa.

—Tureiba —suspiró Yuisa, sintió el bastón de su abuela vibrar. —Gracias.

Y aunque Yuisa no sabía combatir con un bastón, se lanzó junto a las otras dos, sin pensarlo, sin miedo. El suelo retumbó bajo sus pies, y el aire ardía con el zumbido de las flechas.

«No necesitabas lo que llamas poderes, ni esos brazaletes», susurró la voz que Yuisa necesitaba hace unos minutos. Yuisa apretó el bastón con más fuerza, sintiendo cómo la madera de ceiba se encendía en sus manos, viva, palpitante, llena de todo lo que sentía.

Una lanza vino directo hacia su rostro.

«¡Agáchate!»

Yuisa se agachó sin pensar, y la lanza pasó silbando sobre su cabeza hasta llegar a un forastero. El aire rozó su cuello, frío como cuchilla, pero ella ya estaba girando, impulsada por algo que no era fuerza, sino instinto.

«Te guiaré en cómo todos comenzamos», volvió a susurrar la voz y Yuisa se alzó con un grito, giró el bastón en las manos y desvió otra flecha. Cada golpe, cada movimiento, parecía recordado por su cuerpo, no aprendido.

Kairani se lanzó al frente con su macana alzada, el cuerpo tenso como cuerda de arco. Cada golpe suyo tronaba contra los cascos metálicos de los forasteros, partiendo hueso y hierro con una fuerza imposible para su tamaño. Pero no era solo su brazo lo que infundía miedo, sino el humo verdoso que emanaba de los pequeños frascos colgados en su cinturón.

Con un movimiento seco, rompió uno contra el suelo. Un gas denso se elevó, ardiendo en las gargantas enemigas, haciendo que los forasteros cayeran de rodillas, tosiendo y gritando con los ojos rojos, desorientados. Kairani avanzó entre ellos como espectro de humo, la macana brillando bajo la luz temblorosa de las antorchas, golpe tras golpe, hasta que el aire mismo pareció rendirse a su paso.

A su lado, la Guerrera Anaranjada giraba como un relámpago humano, sus dos espadas dejando trazos de fuego en el aire. Movía las muñecas con la precisión de quien ha bailado con la muerte demasiadas veces. El metal silbaba, cortando no solo carne, sino el miedo que intentaba alcanzarla.

Yuisa se unió a ellas, bastón de ceiba en mano, desviando flechas y lanzas como si el viento la obedeciera. Golpeaba con la rabia de todas las aldeas quemadas, de todos los nombres borrados. El suelo temblaba, el aire olía a tierra, sudor y humo.

Las tres, juntas, eran una sola fuerza.

Reunieron una mezcla, desde la Gran Ceiba a la calle del batey, de todo lo que quedaba del área que conocían: isleños, aldeanos, niños cubiertos de hollín, y ancianos con los ojos nublados de tanto humo. Entre ellos, Yuisa reconoció una cara: Itiba, tambaleante, sosteniendo el brazo de un hombre viejo con una pierna vendada.

—¡Itiba! —gritó Yuisa, corriendo hacia ella.

Itiba levantó la mirada, el rostro cubierto de ceniza, los labios resecos.

—Pensé que —alcanzó Itiba a decir, pero se interrumpió al ver la sombra de los forasteros subiendo por la cuesta.

—Tenemos que movernos —dijo Kairani, sujetando a Yuisa del brazo y mirando a su alrededor.

—¡No sin ellos! —respondió Yuisa, señalando al viejo.

El anciano tosió, apoyado en un bastón hecho de madera torcida. —Me llamo Quiribón... —susurró él—. No me dejen atrás.

Kairani asintió y pasó su brazo bajo el suyo. —¿Quiribón? ¿Ese eres tú?

De repente, un gemido ahogado los hizo girar. A unos pasos, Umayel se apoyaba contra una roca, al lado del cuerpo inmóvil de Worayo, con una lanza clavada en el abdomen. La sangre le manchaba el taparrabo y le bajaba en un hilo oscuro por la pierna. Yuisa se arrodilló a su lado.

—Resiste —dijo Yuisa, él sonrió débil, los dientes manchados de rojo.

—No lo lograré. Pero ustedes... ustedes aún pueden —respondió Umayel, intentó hablar más, pero el aire se le escapaba con cada palabra.

Y entonces, el sonido cambió.

No eran tambores ni gritos.

Era el galope de botas pesadas y el crujir metálico de armaduras.

—¡Forasteros! —rugió Kairani, alzando la macana.

El grupo se formó instintivamente, los heridos detrás, Yuisa al frente, los ojos encendidos con la furia de la Gran Ceiba misma.

El primer forastero cruzó la niebla, con la lanza en alto. Yuisa lo interceptó con el bastón, desviando el golpe con una fuerza que no era del todo suya. Kairani lanzó uno de sus frascos, que estalló contra el suelo con un siseo verde; un gas denso subió, haciendo que dos hombres cayeran tosiendo, los ojos desorbitados. La

Guerrera Anaranjada giraba entre ellos como fuego vivo, sus espadas cruzando el aire, cortando sin piedad.

Pero eran demasiados. Los forasteros avanzaban, gritando en su lengua extraña, empujándolas hacia el borde de casi llegar a la playa. Y entonces, se oyó un silbido grave. De entre la bruma dorada del incendio, siete figuras emergieron, cubiertas con armaduras relucientes como si la luna las hubiera forjado: los Guerreros Dorados. Sus antifaces brillaban, y sus lanzas reflejaban el fuego como rayos de sol.

—¡Por la Gran Ceiba! —gritaron al unísono y se lanzaron contra los forasteros con fuerza descomunal, el choque de metales resonando como tormenta.

Yuisa, Kairani y la Guerrera Anaranjada se unieron a ellos, formando una línea. Cada golpe era un rugido, cada respiración una plegaria.

El aire se llenó de gritos y chispas.

Pero la victoria costó caro.

Uno a uno, los Guerreros Dorados fueron cayendo: el primero atravesado por una lanza, el segundo arrojado al fuego, el tercero con el cuello abierto bajo el filo de un sable. Al final, solo dos quedaron en pie, cubiertos de sangre, protegiendo la retirada del grupo.

Entre las tres, junto con los dos Guerreros Dorados, abrieron paso entre el caos, guiándolos hacia la costa. Los bohíos ardían detrás, el cielo rojo reflejando la furia de Guabancex sobre la Gran Ceiba.

Pero al llegar a la orilla, el sonido cambió.

Trote.

Hierro.

Gritos en lengua extranjera.

Yuisa levantó la vista. Desde la colina, forasteros montados a caballo descendían como una ola de sombras. Las armaduras relucían con la luz del fuego; lanzas y espadas se alzaban contra la noche.

—¡Nos van a alcanzar! —gritó Kairani, girando el cuerpo, lista para lanzar su lanza una última vez.

Antes de que la desesperación los envolviera, una ráfaga de silbidos cruzó el aire.

Fiu-fiu-fiu.

Fiu-fiu-fiu.

Fiu-fiu-fiu.

Fiu-fiu-fiu.

Fiu-fiu-fiu.

Desde las dunas y los riscos cercanos surgieron Dacayro, Oruyán, Gustín, Suraybo y Hucay, cubiertos de hollín y sangre seca. Los cinco apuntaron sus arcos con precisión.

—¡Por Isla Grande! —rugió Dacayro, y soltaron las cuerdas.

Las flechas volaron como relámpagos, impactando en los forasteros. Los caballos relincharon, algunos hombres cayeron al suelo, atravesados en el pecho.

Gustín giró con rabia, lanzando una segunda andanada, directo a la línea de refuerzo.

Por un instante, el grupo creyó que la marea había cambiado. Pero entonces, otro sonido se escuchó detrás del rugido del mar: más cascos, más gritos, más hierro.

—¡Son demasiados! —gritó Oruyán, cargando otra flecha.

Yuisa apretó el bastón.

—No... —susurró Yuisa—. No dejaremos que tomen la costa.

La Guerrera Anaranjada la miró por encima del hombro. —A veces, no es cuestión de ganar —dijo—, sino de sobrevivir para que el fuego siga. Y con un gesto rápido, señaló hacia un conjunto de rocas oscuras. —¡Por ahí! —ordenó.

Yuisa dudó apenas un instante. El sonido de las lanzas chocando y los gritos de los forasteros llenaban el aire como una tormenta que se tragaba todo. Pero antes de dar el primer paso hacia las rocas, un relincho rompió el caos.

El suelo tembló.

Desde la maleza, un caballo emergió cubierto de barro y espuma, y sobre él, con la melena revuelta por el viento y la mirada encendida como fuego viejo.

—¿Maní? —preguntó Kairani, vio que su cuerpo estaba cubierto de cicatrices frescas, el pecho descubierto, y en su mano derecha llevaba un bastón distinto al de antes, tallado con el petroglifo de una cara que parecía mirar hacia todos los tiempos.

—¡Yuisa! —rugió el Gran Maní, y el nombre de su hija cruzó el campo de batalla como un rayo.

Yuisa volteó, incrédula. —¿Padre?

El caballo se detuvo en seco frente a ella, bufando, las patas hundiéndose en la tierra húmeda. El Gran Maní bajó de un salto, tomó a Yuisa por los hombros y la miró directo a los ojos. Había orgullo en su rostro, pero también esa tristeza que se hereda, la de quien sabe que su destino ya está decidido.

—Estoy orgulloso de ti, hija mía —dijo el Gran Maní, con la voz grave, pero serena—. Has hecho lo que ningún guerrero, ni yo ni tu abuela, pudimos lograr. Pero ahora, el futuro de Isla Grande, del Islote, de Yaya misma, descansa en ti.

Yuisa negó con la cabeza, los ojos llenos de lágrimas. —No puedo irme. Ellos... todos... me necesitan.

El Gran Maní sonrió, esa sonrisa vieja y cansada que alguna vez fue joven. —A mí ya no me toca pelear por el futuro. A mí me toca cuidar del pasado. Tú irás a la costa. Rodrigo estará esperándote —pausó, le puso una mano en el rostro, la palma áspera, llena de barro y sangre. —Tú eres la semilla, Yui. La raíz nueva.

Entonces, otro relincho los hizo girar. Un caballo pasó de golpe entre la neblina, galopando hacia la costa.

—¿Jomar? ¿Natay? —susurró Yuisa, vio como iban montados, los ojos abiertos por el miedo y la determinación.

Yuisa sintió que el aire se le cortaba, el corazón en guerra entre quedarse o correr.

El Gran Maní la abrazó, fuerte, por última vez. —Te amo, hija mía. Dile a Luysa que este viejo cabezón al fin entendió sus canciones.

Yuisa quiso responder, pero él ya se apartaba, montando de nuevo sobre su caballo. Levantó el bastón con el petroglifo de la cara grabada, y por un momento, el símbolo pareció brillar bajo la luz de la Gran Ceiba ardiendo.

—Ve, Yuisa. Y no mires atrás —gritó el Gran Maní, antes de espolear el caballo y lanzarse contra el estruendo de la batalla, su silueta fundiéndose con el humo, el fuego y la furia. —Cuídamela, Kairani.

Yuisa lo miró perderse en la distancia.

Luego apretó el bastón, respiró hondo y, con el corazón roto pero ardiendo, corrió hacia la costa.

Mientras las flechas seguían volando y el rugido de los caballos retumbaba por toda la playa, Yuisa, Kairani, la Guerrera Anaranjada y los sobrevivientes se lanzaron hacia las sombras, donde el viento del mar se mezclaba con el olor de la guerra.

Cuando por fin alcanzaron el borde de la selva, Yuisa, jadeando, giró hacia ella.

—Dime tu nombre. Necesito saber quién me salvó —ordenó Yuisa.

La Guerrera Anaranjada se detuvo.

El silencio del monte se mezcló con el crepitar lejano de las llamas. Lentamente, levantó las manos hacia su rostro.

El antifaz cayó.

El fuego iluminó un rostro que Yuisa conocía.

El mundo se detuvo.

—¿Tú? —dijo Yuisa, con un hilo de voz incrédula.

Los ojos firmes y la voz de trueno respondieron. —Soy Fotunayel.

La hermana de Turey.

Yuisa dio un paso atrás, con el pecho apretado. El misterio que había rondado sus sueños, los rumores que habían caminado por aldeas y costas, todo se había vuelto carne y hueso frente a ella.

No era un mito. No era un fantasma. Era Fotunayel.

Juntos abrieron paso: Yuisa desviando lanzas con el bastón de ceiba, Fotunayel partiendo enemigos con filo de acero. Y así, entre sangre y humo, lograron sacar un puñado de aldeanos e isleños, llevándolos lejos de la Gran Ceiba devorada por el fuego.

Corrieron hasta la costa, jadeando, los pies hundiéndose en la arena caliente que olía a sal, humo y miedo. El rugido del mar los envolvió como un grito de los dioses. Las olas chocaban contra los cascos de los barcos, levantando espuma como crines de caballos furiosos. En medio de aquel caos, Rodrigo el Pirata de Costa Azul se alzaba sobre la proa, el cabello al viento y la espada aún sangrando.

—¡Aquí no entra ni uno más! —tronó Rodrigo, su voz, grave como trueno en mar abierto—. ¡El mar es nuestro!

A su lado, la Máxima Abuela Tureiba permanecía inmóvil, la túnica de conchas manchada de ceniza, los ojos brillando con una calma terrible, como si contuvieran toda la furia de Yaya. Más allá, Gustín peleaba sobre la arena, la melena roja ardiendo con cada destello de fuego, moviéndose como un relámpago humano, cada golpe suyo una mezcla de rabia y memoria.

Detrás de ellos, los barcos forasteros ardían, las velas colapsando en llamas, el horizonte convertido en una herida abierta.

Yuisa ayudó a subir a los aldeanos y isleños a las canoas, mientras Kairani y Fotunayel mantenían el paso libre. Pero algo cambió. El viento trajo un sonido diferente.

No tambores, no gritos.

Sino el galope metálico de cascos contra piedra.

Del humo emergieron cinco figuras montadas en caballos negros. Sus armaduras eran oscuras como obsidiana, y las espadas que ardían con fuego azul. No eran forasteros comunes. Se movían como sombras del inframundo, los rostros cubiertos por cascos sin ojos.

Yuisa dio un paso al frente, apretando el bastón de ceiba. —Sigan subiendo —ordenó, sin mirar atrás.

Los jinetes se separaron. Uno vino directo hacia ella, la espada trazando una línea de fuego en el aire. Yuisa giró el bastón, bloqueó el golpe y lo empujó hacia atrás con la fuerza del monte. El caballo relinchó, el guerrero perdió el equilibrio, y Yuisa lo derribó con un golpe seco en el pecho. Cayó al suelo, su casco rodando hasta el agua.

Los otros cuatro no dudaron. Cargaron al unísono, el fuego de sus espadas iluminando la costa. Yuisa alzó el bastón, el corazón latiendo como tambor de guerra, pero sabía que no podría con todos.

Y entonces, un estruendo rompió el aire.

¡BUM!

Desde la maleza, algo, alguien, se lanzó sobre el segundo jinete, derribándolo de espaldas. El caballo relinchó y rodó por la arena.

Yuisa parpadeó, incrédula.

—Tío Xolani —dijo Yuisa, vio su pecho descubierto, cubierto de hollín, la barba llena de sal. En sus manos, un garrote de madera ennegrecida.

—¡Pensaste que me ibas a dejar sin despedirme, muchacha! —gritó el Tío Xolani con una risa ronca mientras hundía el garrote en el pecho del guerrero caído.

El tercer forastero arremetió, pero el Tío Xolani giró sobre sí mismo y lo golpeó en las patas del caballo. El animal cayó de lado, lanzando al jinete al suelo.

Yuisa se movió instintivamente, golpeando al cuarto por detrás con el bastón, la ceiba resonando como trueno. El último guerrero se detuvo, dudando ante aquella escena de furia y fuego.

El Tío Xolani, jadeando, le lanzó una mirada a Yuisa. —¡No te quedes aquí! ¡Vete con los tuyos!

—¡Pero tú...—

—¡Yo ya tuve mi canto, Yuisa! ¡Tú apenas estás cantando la tuya!

Un golpe de espada lo alcanzó en el hombro, y aun así, el Tío Xolani no cayó. Siguió peleando, rugiendo, hasta desaparecer entre el humo.

Yuisa sintió un nudo en la garganta. Las lágrimas se mezclaban con la ceniza, pero no se detuvo. Subió a la última canoa, el bastón apretado contra el pecho.

Detrás de ella, la costa ardía.

Detrás de ellos, los barcos enemigos ardían en el horizonte. El mar se tiñó de rojo.

MAR DESOLADO

—ENVUELVELO DE ALGODÓN —ORDENÓ Fotunayel a los aldeanitos y isleñitos. —Ya mismo Umayel irá con Maketaori.

El vaivén del Mar Desolado golpeaba como un tambor de guerra.

El barco de Rodrigo cortaba las olas con sus velas negras desgastadas, dejando espuma rota a su paso. La cubierta olía a sal, hierro y madera mojada. El cielo, gris y denso, parecía sostener su propio peso sobre el horizonte.

Yuisa estaba apoyada en la borda, el cabello salvaje pegado a la cara por el viento, los ojos rojos, vacíos. Vio como las canoas rodeaban el barco de Rodrigo y como el Mar Desolado parecía burlarse de ella, eterno y frío, como si quisiera recordarle que Alonso no volvería.

—Alonso —sollozó Yuisa, Rodrigo se le acercó despacio. Su andar tenía la seguridad de un hombre que había sobrevivido a más batallas de las que podía contar, pero en sus ojos había un brillo inesperado: compasión.

—En Costa Azul, y en todo el mar que rodea estas islas, niña...
—dijo Rodrigo con voz ronca, como madera astillada. —Sabemos
que la vida y la muerte son una sola. Como el día y la noche. Como
la marea que sube y baja. Uno no existe sin el otro.

Yuisa lo miró de reojo, con rabia contenida.

—A mí no me importa un juriquillo —dijo Yuisa, firme, la voz
quebrada—. Así no lo ven los forasteros... Así no lo veo yo cuando
pienso en Alonso. Para mí, él era vida, y ¿ahora? Estoy tan muerta
como él lo está.

Se apartó de Rodrigo y empezó a caminar por la cubierta. Cada
paso resonaba seco, mezclado con el crujir de los tablones. Su
mirada se perdió en el horizonte, hasta que un barco más pequeño,
navegando a la par, captó su atención.

Era distinto. Sus velas estaban rotas, el mástil principal inclinado
como hueso quebrado.

Y sobre la cubierta, Yuisa lo vio: isleños encadenados, la piel
marcada de látigos, algunos apenas en pie.

No eran tripulantes. Eran prisioneros.

Yuisa se detuvo en seco. —¿Qué... qué es eso?

Rodrigo la siguió con la mirada. Sus labios se torcieron, no en
burla, sino en desprecio.

—Eso era lo que hacía tu Máximo Turey... —escupió Rodrigo
—. Vendía su propia sangre por oro y poder. Así mantuvo el poder
tanto tiempo. Así se vistió de grandeza.

Yuisa sintió que el aire se le iba, como si el Mar Desolado le hundiera la cabeza bajo el agua.

Las palabras de Ysabel regresaron como un trueno lejano.

«Todo lo que hice, lo hice por ti.»

Por primera vez, Yuisa lo entendió de otra manera.

Quizás Ysabel había cargado con secretos insoportables, había traicionado y mentido, sí... pero tal vez lo había hecho por sobrevivencia, para mantener a su gente lejos de esas cadenas, lejos de Bastián.

El viento le azotó el rostro, y el olor a hierro se le metió en la nariz. Cerró los ojos con fuerza, y una lágrima resbaló por sus mejillas llenas de sal y ceniza.

Rodrigo la miró un instante más, con los ojos enturbiados por la marea y el cansancio.

—Ayiti está esperando tu llamada, Yuisa —dijo Rodrigo con voz grave, como si recitara una profecía. —Aunque la Gran Ceiba haya caído, Isla Grande tiene otras aldeas, también esta el Islote. Y mi hijo, Valeno, ya viene en camino.

Yuisa lo miró confundida, el corazón apretado, la mente girando sin entender del todo. Pero Rodrigo ya se había girado hacia el timón, dejando que el viento hablara por él.

No dijo nada más. La dejó en silencio, porque sabía que había dolores, y destinos, que no necesitaban palabras, solo tiempo.

Pero el barco no estaba vacío.

En la otra punta de la cubierta, Jomar estaba sentado con la espalda contra un barril, mirando el mar con los ojos hinchados. Cuando Yuisa se acercó, él no sonrió.

Solo la miró como quien carga una verdad demasiado pesada.

—Bastián... —dijo Jomar con voz baja— capturó a Enay. Se lo llevó en uno de esos barcos. Dijo que lo iba a usar como ejemplo para los desobedientes.

Yuisa sintió que las rodillas se le aflojaban. El nombre de Enay junto con el de Bastián fue un cuchillo que se le clavó detrás del pecho.

Jomar siguió, apretando los dientes. —Yo lo vi. Lo vi con mis ojos. No pude hacer nada.

La Máxima Abuela Tureiba estaba más atrás, recostada sobre una red enrollada, junto con Kairani que tenia Natay abrazada luego de perder a su madre, con la jutía dormida sobre su regazo. Sus ojos sabían demasiado, como si todo el mar le hubiera hablado alguna vez. Le tendió a Yuisa una quenepa.

—Come, hija de Maní. Las raíces no crecen con dolor, crecen con fuerza —dijo la Máxima Abuela Tureiba, pero ella la rechazó. Jomar se levantó, la tomó y la miró un largo segundo. El silencio se hizo pesado. Entonces, sin decir palabra, la lanzó al mar abierto.

Plop.

La quenepa flotó un momento antes de hundirse entre las olas.

—De lo único que tengo hambre es de guerra —dijo Jomar con la voz firme, los ojos encendidos como brasas. Se alejó hacia popa.

Yuisa quiso llamarlo, detenerlo, pero no pudo.

Algo en su pecho le decía que esa llama no podía apagarse todavía.

Cerca del mástil, Gustín estaba de pie, al lado de Quiribón, apoyado contra la madera, mirando el horizonte.

El sol del ocaso le bañaba el rostro, y su expresión era de piedra rota.

Yuisa pensó en acercarse, en decirle algo.

A su hermano.

Ambos compartían la misma herida: el amor perdido.

Pero el peso de ese espejo era demasiado.

Ver su dolor era ver el suyo reflejado, amplificado, desnudo.

Así que no dijo nada. Solo lo miró, con ese respeto que se le tiene a quien sangra sin hacer ruido.

Fotunayel estaba en la parte superior, ajustando una cuerda con sus manos curtidas. Su antifaz naranja brillaba con la última luz del día. La miró de reojo, sin palabras, pero con algo que parecía una promesa.

«No estás sola.»

El viento cambió. El barco crujió, girando hacia el este. El cielo se encendió con tonos de fuego y sal.

—Nuestra tierra —dijo Itiba, y Yuisa respiró profundo, dejando que el olor del mar le llenara el pecho.

PLAZA DE LOS ALDEANOS

—MI ISLOTE—SUSPIRÓ YUISA mientras olía la brisa del amanecer que traía un olor a hierro, sal y humo lejano.

Costa Azul estaba inquieto, cubierto por una neblina dorada que no dejaba ver del todo el horizonte. Yuisa caminaba descalza por la arena de la costa con el bastón de ceiba arrastrando una línea en la orilla. De repente, un chapoteo la hizo detenerse. A lo lejos, algo rompía la superficie del agua. Una figura.

—¿Gustín? —murmuró Yuisa.

Emergía entre las olas como un espectro, el cabello rojo pegado al rostro, los brazos llenos de sangre. Frente a él, un tiburón herido se retorcía, sus aletas cortando el mar como cuchillas. Gustín giró la lanza, con fuerza salvaje, y la hundió una última vez en el costado del animal.

El rugido del océano se mezcló con su propio grito.

Cuando alcanzó la arena, su cuerpo era una mezcla de sudor y sangre. Dejó caer la lanza y respiró, jadeante.

Yuisa lo observó en silencio.

No dijo nada.

Aquel mar que devoraba todo también la había devorado a ella.

Siguió su camino.

El sendero hacia la Plaza era largo, cubierto de hojas secas y ramas chamuscadas. El humo se colaba entre los árboles, acariciando las sombras. Yuisa caminó sola, sin decir ni una sola palabra, mientras cada paso la llevaba más hondo en sus pensamientos.

Recordó las manos de Alonso.

Su voz riendo en la hamaca.

Su promesa bajo la lluvia.

Y su último suspiro entre el fuego.

Ese mismo camino, él lo había caminado primero.

Cuando llegó a la Plaza, el silencio la envolvió. Las guirnaldas colgaban rotas, los güiros en el suelo, los tambores mudos. Todo era ceniza y memoria.

Por un instante, Yuisa sintió que el aire se espesaba, y un murmullo la llamó.

—Yuisa —llamó una voz suave, temblorosa, como un recuerdo.

—¿Puyara? —preguntó Yuisa. Puyara se le acercó, con la piel llena de hollín y los ojos rojos.

—Tu abuela, la Gran Abuela... te espera.

Yuisa corrió.

Corrió por la Plaza vacía, tropezando con restos de piedra y ramas. Hasta llegar al bohío donde el fuego apenas respiraba.

La Gran Abuela Luysa estaba allí, recostada sobre una cama de hojas muertas, el cabello gris extendido como raíces, el rostro pálido como luna vieja.

Yuisa cayó de rodillas junto a ella. Las lágrimas le salieron sin permiso.

—He fallado —dijo Yuisa, la voz quebrada, apoyando la frente en su mano—. Le he fallado a todos... A mi gente, a mi tierra... Y sobre todo, a él. A mi gran amor. El que no debí ignorar. El que no debí dejar que muriera.

La Gran Abuela Luysa la miró con ternura cansada, levantando apenas la mano para acariciarle el rostro. —No has fallado, mi niña. Todavía queda historia... Una historia entera por contar y cantar.

Yuisa le besó la mano. Un beso salado, de llanto y ceniza. —Te amo, abuela.

El viento sopló, levantando cenizas que giraron sobre ellas como mariposas oscuras.

Yuisa se levantó, apretó el bastón de ceiba, y se fue sin mirar atrás.

Mientras se alejaba, la Gran Abuela Luysa cerró los ojos, sonriendo apenas.

* * *

Olía a corteza hervida, a aceite de jagua, a hojas secas de guanábana.

La brisa entraba bajita, tímida, apenas atreviéndose a mover las telas que colgaban en los umbrales, como fantasmas que escuchaban.

—Tanto tiempo —dijo la Máxima Abuela Tureiba, viendo las manos de la Gran Abuela Luysa, que una vez encendieron fuego en el areyto, ahora temblaban como ramas viejas en tormenta, apenas capaces de sostener una tacita de barro.

Removió una mezcla espesa dentro de una vasija hecha de concha negra. Sus dedos firmes, su corazón latiendo fuerte, ¡tuc, tuc, tuc!, como tambor escondido. El rostro de la Máxima Abuela Tureiba era mapa de tiempos callados, de dolores guardados, de susurros que aún ardían.

—No lo endulces con miel, Turei —dijo la Gran Abuela Luysa con sonrisa torcida, cansada—. Dame la mezcla como va.

La Máxima Abuela Tureiba bufó, sin alzar la vista, y el fogón crujió con ella. —Te sabes todos mis trucos, bruja vieja.

La Gran Abuela Luysa dejó salir una risita ronca, casi muda, pero el gesto le dolió en los hombros. —Sí, y tú los míos, comadre —dijo, sonriendo entre lágrimas

Silencio.

Solo el burbujeo lento, glup, glup, glup, de la mezcla.

Entonces la voz de la Gran Abuela Luysa bajó, grave como cuento sagrado, suave como viento en la palma. —Se enamoró de quien nunca pensó. Yuisa no buscaba, y Maní nunca la obligó, no como a ti y a mí nos forzaron, como yuntas bajo látigo.

La Máxima Abuela Tureiba detuvo la mano. La mezcla quedó quieta. El bohío entero quedó quieto. —Bueno, a ti te fue mucho mejor que a mí —dijo al fin, sin veneno, solo verdad.

La Gran Abuela Luysa asintió, con ojos que guardaban mares de tristeza. —Lo único que quise fue una familia. No me importó dejarlo todo, mientras siguiera con mi hijo... y con mi nieta.

La Máxima Abuela Tureiba acercó la mezcla, se la pasó en su cara y le ayudó a beber un sorbo amargo. El aire se espesó.

—Lamento tanto lo que pasó entre nosotras —susurró la Máxima Abuela Tureiba, con la voz quebrándose.

La Gran Abuela Luysa la miró largo, sin rencor, con un cariño viejo, de esos que solo el tiempo pule como piedra de río. —No digas eso. Mi nieta pudo vivir. Y recuerda: el amor no se obliga, ni se impone. El amor se escoge... y aparece solito, como semilla que germina sin aviso.

La Máxima Abuela Tureiba bajó la cabeza. —Y lo perdió.

La Gran Abuela Luysa cerró los ojos.

Su aliento bajaba como marea cansada que se retira del malecón.

—Nunca aprendiste todo, comadrita, ni siquiera como Máxima Abuela. La muerte es natural, hay que dejarla ir. Pero siempre... siempre hay caminos pa' buscar lo que una vez se perdió.

Los ojos de la Máxima Abuela Tureiba brillaron de pronto, oscuros como obsidiana mojada.

—¿Acaso crees que no sé lo que arde en el fuego inmortal?

La Gran Abuela Luysa rió. Una risa que fue tos, que fue dolor. Se apretó el pecho con los dedos flacos, huesudos. —Crees... ¿crees que esta noche conoceré a Maketaori?

La Máxima Abuela Tureiba se inclinó, le limpió el sudor con hoja de palma, acercó su boca al oído cansado. Su voz salió como suspiro, como secreto que quema. —Esa aldeana tuya no podría con otra pérdida.

La Gran Abuela Luysa cerro los ojos y la Máxima Abuela Tureiba le tomó la mano, sintiendo cómo el pulso de ella se apagaba como brasa en agua. —Duerme, comadre. Lo que sembraste aún florecerá.

Yuisa caminaba por la Plaza como quien arrastra el peso del mundo. Sus ojos, rojos de tanto llorar, brillaban todavía bajo el humo espeso. Sus cachetes, manchados con líneas grises, guardaban las huellas de lágrimas mezcladas con ceniza. Su pelo, marrón salvaje, le caía desordenado, lleno de pequeñas motas negras, pecas de humo pegadas como estrellas muertas.

El suelo estaba roto, desangrado.

Güiros partidos que ya no hacían su raspa-raspa. Maracas quebradas que no podían llamar más al espíritu del Monte Verde.

El aire tampoco olía a tierra mojada ni a yuca brava tostándose como en los tiempos de fiesta.

No.

Lo que respiraba el Islote era humo, pero humo ajeno, humo venido desde Isla Grande.

Humo de guerra, humo de muerte.

Yuisa se detuvo. Sintió el peso de cientos de miradas sobre su piel. Aldeanos, isleños, forasteros, todos la rodeaban en un círculo callado. Hasta Rodrigo la miraba fijo, con ojos clavados en ella, esperando como quien no se atreve ni a respirar hasta que otra boca hable.

Y fue entonces que Yuisa comprendió dónde estaba parada.

Estaba en el centro de la Plaza, parada sobre hojas muertas, allí mismo donde la Gran Abuela Luysa había contado tantas historias, donde Enay y Jomar habían reído, donde habían jugado.

Todo vacío.

Todo silencio.

Todo, salvo ella.

Cerró los ojos y en su memoria se levantó la sombra de su padre, el Gran Maní. Frunció las cejas como él, endureció el rostro como él y con fuerza que no sabía que guardaba, alzó las manos hacia el cielo.

Pero no había estrellas.

Solo humo.

«Ya es tiempo», susurró la voz, y fue entonces cuando los brazaletes brillaron.

Brillaron como nunca. Un fuego dorado les corría por dentro, como ríos de luz bajando por la montaña, como venas encendidas.

De pronto, Yuisa bajó las manos de golpe.

¡Pahhh! Un estallido de aire sacudió la Plaza.

El humo retrocedió como bestia asustada y las antorchas se apagaron todas de un soplo.

Todas, menos una.

Esa única antorcha quedó viva, encendida junto a una sombra que murmuraba palabras antiguas, palabras que parecían brotar desde la misma raíz de la tierra. Yuisa quizá entendía. Era como escuchar la voz áspera de su abuela, o como sentir la calma de su padre.

Y como si estuviera escuchando a los dioses antiguos que habían sido enterrados en la memoria del Caribe, cerró los ojos, y en medio del humo y las sombras, lo vio.

Alonso.

Con su sonrisa torcida, sus palabras tercas, el calor de sus manos en los días que parecían no tener salida.

«No le temas a tus habilidades, ni a lo que sientes», escuchó susurrarle en la memoria.

Las lágrimas se le escaparon al fin, pero no eran de miedo.

—Yo, yo soy la semilla de la profecía —susurró Yuisa, la voz temblando, pero firme como ceiba.

El silencio se quebró.

Primero un pie golpeó la tierra.

Tac.

Luego otro.

Tac-tac.

Y pronto todos, aldeanos e isleños, hasta el propio Rodrigo, golpeaban al unísono.

Un solo compás. Un tambor de tierra. Retumbando fuerte.

El eco subió como canto, como trueno que no pide permiso.

—Por nuestra tierra —dijo Luysa.

—Por nuestra gente —dijo Tureiba.

Y así se unieron. Aldeanos y isleños.

—Por nuestra tierra —dijeron Natay, Jomar, e Itiba al mismo tiempo.

—Por nuestra gente —dijeron Fotunayel, Kairani y Quiribón al mismo tiempo.

El ritmo creció, las antorchas vibraban, el humo se arremolinaba como si el Monte Verde entero respirara con ellos. Yuisa abrió los ojos. Los brazaletes en sus brazos ardían con una luz dorada imposible de ignorar. No había más negación.

Alonso tenía razón.

Luysa tenía razón.

—La Nita.

—La Gran.

—La Máxima Yuisa.

Reconocimientos

La idea de Yuisa nació mientras escribía *Beyond the Language of Adalia: A Novella*, en 2024. En aquel momento, surgió como una obra teatral dentro de la historia de sus protagonistas. Sin embargo, algo no encajaba. La aparté, la reescribí, y descubrí que aún no estaba listo para escribir teatro, pero sí para dar vida a un mundo propio.

De esas semillas nació Yuisa y la maldición del cemí, un cuento corto publicado en 2025. Desde entonces, los primeros capítulos de esta novela ya existían en mis notas del celular, junto con su esencia: una historia sobre herencia, identidad y amor.

Gracias a un curso de Humanidades encontré un artículo del Dr. Martínez Cruzado que mencionaba que todos tenemos dinga y mandinga. Aquellas palabras me encendieron una chispa. Quise escribir una historia que pudiera ser disfrutada por todas las edades, pero que solo quienes llevan esas experiencias en la piel pudieran sentir en su profundidad. Quise volver a enamorarme de mi cultura taína, y que otros también se reencontraran con ese arte literario que tantas veces se nos enseña, pero pocas veces se nos permite habitar.

El camino no fue fácil. Ser educador, estudiante doctoral y tener pareja, mientras se intenta ser escritor —y además, un autor independiente con su propia editorial— es un acto de equilibrio constante.
Pero se puede.
Y se pudo.

Agradezco profundamente a todos mis educadores, desde la niñez hasta hoy, por inculcarme el valor de nuestras raíces taínas; a mi abuela materna, quien me enseñó mis primeros cuentos —como los de Juan Bobo— y me mostró que las historias también se cuentan con el corazón; a Mary Agrinsoni, por darle forma y vida a la geografía de esta novela; a Fabián Antoine, por transformar una de mis escenas favoritas en arte; y a mi pareja, por acompañarme con paciencia y amor mientras me sumerjo en todas estas carreras y sueños.

Y, sobre todo, a los lectores —la razón por la que escribo.

Una letra se convirtió en palabra, luego en oración, y finalmente en más de cuarenta mil.

Ninguna de ellas existiría sin los ojos, oídos y manos de quienes hacen que este viaje valga la pena.

LA SAGA YAYA REGRESARA